CORNEILLE, Pierre

Molière illustré par Janet Lange, Psyché, tragi-comédie en 5 actes par Molière, P. Corneille et Quinault.

Lacour, 1856

MOLIÈRE

ILLUSTRÉ PAR JANET-LANGE.

PSYCHÉ

TRAGI-COMÉDIE-BALLET EN CINQ ACTES.

NOTICE SUR PSYCHÉ.

L'histoire allégorique de Psyché, écrite primitivement en latin par le philosophe Apulée, fut imitée par Jean de La Fontaine, dont le roman, *les Amours de Psyché et de Cupidon*, parut le 31 janvier 1669.

Il y avait une fois, suivant Apulée, un roi et une reine qui avaient trois filles, dont la dernière surtout était d'une beauté supérieure. Elle devint si célèbre par ses charmes, qu'on finit par venir l'adorer comme si c'eût été Vénus. La véritable déesse chargea son fils de la venger de l'arrogante Psyché. Cependant les deux sœurs aînées s'étaient unies à des rois, et la cadette, malgré l'admiration qu'elle inspirait, ne trouvait point de prétendus. Son père soupçonna que cette prolongation de célibat pouvait être l'effet de la colère céleste, et il consulta l'oracle d'Apollon, dans l'ancien temple de Milet, en Ionie. « Qu'on porte Psyché, répondit l'oracle,

Psyché est enlevée en l'air par deux Zéphyrs. (Act. II, sc. IV.)

au bord d'un précipice, sur un rocher; elle y trouvera un époux, non pas un mortel, mais un monstre dont les coups sont redoutables à tous les dieux. »

Cet ordre fut exécuté tristement; mais loin d'accomplir celui de sa mère, l'Amour transporta Psyché dans un palais splendide où il vint la trouver au milieu de la nuit. Il la quitta avant le jour, et ne rentra dans la chambre nuptiale qu'à la faveur des ténèbres. Plusieurs mois se passèrent de la sorte, au bout desquels Psyché désira voir ses sœurs. L'Amour y consentit, mais il lui recommanda de ne pas écouter leurs conseils.

Transportées sur les ailes de Zéphire dans le palais mystérieux, les deux sœurs devinrent jalouses de leur cadette. Elles l'interrogèrent; elles apprirent d'elle qu'elle n'avait jamais pu voir son époux, et lui persuadèrent que c'était un dragon monstrueux qui finirait par la dévorer. « Prévenez-le, dirent-elles; procurez-vous une lampe et un rasoir: quand le monstre sera endormi, servez-vous de la lampe pour le contempler, et du rasoir pour lui trancher la tête. »

MOLIÈRE

ILLUSTRÉ PAR JANET-LANGE.

PSYCHÉ

TRAGI-COMÉDIE-BALLET EN CINQ ACTES.

NOTICE SUR PSYCHÉ.

L'histoire allégorique de Psyché, écrite primitivement en latin par le philosophe Apulée, fut imitée par Jean de La Fontaine, dont le roman, *les Amours de Psyché et de Cupidon*, parut le 31 janvier 1669.

Il y avait une fois, suivant Apulée, un roi et une reine qui avaient trois filles, dont la dernière surtout était d'une beauté supérieure. Elle devint si célèbre par ses charmes, qu'on finit par venir l'adorer comme si c'eût été Vénus. La véritable déesse chargea son fils de la venger de l'arrogante Psyché. Cependant les deux sœurs aînées s'étaient unies à des rois, et la cadette, malgré l'admiration qu'elle inspirait, ne trouvait point de prétendus. Son père soupçonna que cette prolongation de célibat pouvait être l'effet de la colère céleste, et il consulta l'oracle d'Apollon, dans l'ancien temple de Milet, en Ionie. « Qu'on porte Psyché, répondit l'oracle, au bord d'un précipice, sur un rocher; elle y trouvera un époux, non pas un mortel, mais un monstre dont les coups sont redoutables à tous les dieux. »

Cet ordre fut exécuté tristement; mais loin d'accomplir celui de sa mère, l'Amour transporta Psyché dans un palais splendide où il vint la trouver au milieu de la nuit. Il la quitta avant le jour, et ne rentra dans la chambre nuptiale qu'à la faveur des ténèbres. Plusieurs mois se passèrent de la sorte, au bout desquels Psyché désira voir ses sœurs. L'Amour y consentit, mais il lui recommanda de ne pas écouter leurs conseils.

Transportées sur les ailes de Zéphire dans le palais mystérieux, les deux sœurs devinrent jalouses de leur cadette. Elles l'interrogèrent; elles apprirent d'elle qu'elle n'avait jamais pu voir son époux, et lui persuadèrent que c'était un dragon monstrueux qui finirait par la dévorer. « Prévenez-le, dirent-elles; procurez-vous une lampe et un rasoir: quand le monstre sera endormi, servez-vous de la lampe pour le contempler, et du rasoir pour lui trancher la tête. »

Psyché est enlevée en l'air par deux Zéphyrs. (Act. II, sc. IV.)

Psyché se laissa convaincre; mais quand elle reconnut l'Amour dans son époux, elle oublia ses projets homicides. Pendant qu'elle s'abandonnait au plaisir de le contempler, une goutte d'huile bouillante tomba de la lampe sur l'épaule du dieu. Il s'éveilla et s'enfuit après lui avoir adressé de vifs reproches. Psyché désespérée se précipita dans un fleuve, mais le fleuve la rejeta sur ses rivages. Elle erra quelque temps par le monde en cherchant l'Amour; mais Vénus, toujours jalouse et courroucée, la fit arrêter par une de ses servantes nommée l'Habitude, et la confia à la garde de l'Inquiétude et de la Tristesse. Après l'avoir soumise à diverses épreuves rigoureuses, elle lui enjoignit de descendre aux enfers, et d'aller dire à Proserpine : « Vénus vous prie de lui envoyer un peu de votre beauté, seulement ce qu'il lui en faut pour un jour, parce qu'elle a usé toute la sienne pendant la maladie de son fils. »

Psyché parvint à s'acquitter de cette étrange commission, la dernière que lui imposa Vénus. L'Amour, guéri de sa brûlure, monta vers Jupiter, dont il sollicita l'intervention. Le maître des dieux ordonna à Mercure d'introduire Psyché dans le ciel, et il lui présenta un vase rempli d'ambroisie en lui disant : « Prends, Psyché, et sois immortelle; jamais l'Amour ne se séparera de toi, je te l'unis à jamais par les liens du mariage. »

Aussitôt les noces furent célébrées en présence de tous les dieux. Vulcain prépara le repas, Bacchus et Ganymède servirent à boire; les Heures semèrent des fleurs; les Grâces répandirent des parfums, et les neuf Muses chantèrent en chœur aux accords de la lyre d'Apollon. Quelque temps après Psyché accoucha d'une fille que l'on appelle la Volupté.

Ce sujet, dans lequel figurent tour à tour le ciel, la terre et les enfers, sembla convenable à Molière pour satisfaire les goûts de Louis XIV, qui aimait la hardiesse des *vols* et la pompe des décorations. Psyché fut commencée en conséquence. Mais le roi avait hâte de jouir, et Molière, pour aller plus vite, fut obligé de prendre des collaborateurs. Il traça le plan de la tragi-comédie, composa le prologue, le premier acte et les premières scènes des deuxième et troisième actes; Corneille fit le reste, et, quoiqu'il eût alors soixante-cinq ans, il exprima la tendresse avec une énergie toute juvénile. Les intermèdes furent rimés par Quinault, et Lulli se chargea de la musique.

Psyché fut représentée le 17 janvier 1671 sur le théâtre des machines. Louis XIV voulant remplacer le théâtre du Petit-Bourbon, qui venait d'être abattu, avait décidé la construction d'une salle dans la partie septentrionale du château des Tuileries. Ce nouveau théâtre fut bâti en 1662 sur les dessins de Vigarani, machiniste du roi, et ne servit qu'aux représentations de *Psyché*. Il fut ensuite abandonné jusqu'en 1716, époque à laquelle on y représenta des ballets pour amuser la jeunesse de Louis XV.

« Le 15 avril 1671, disent les registres de la Comédie-Française, après une délibération de la compagnie de représenter *Psyché*, qui avait été faite pour le roi l'hiver dernier et représentée sur le grand théâtre du palais des Tuileries, on commença à faire travailler tant aux machines, décorations, musique, ballets et généralement tous les ornements nécessaires pour ce grand spectacle. Jusques ici les musiciens et musiciennes n'avaient point voulu paraître en public, ils chantaient à la Comédie dans des loges grillées et treillissées; mais on surmonta cet obstacle, et, avec quelque légère dépense, on trouva des personnes qui chantèrent sur le théâtre, à visage découvert, habillées comme les comédiens... Tous lesdits frais et dépenses pour la préparation de *Psyché* se sont montés à la somme de 4,359 liv. 15 sols. Dans le cours de la pièce, M. de Beauchamps a reçu de récompense, pour avoir fait les ballets et conduit la musique, 1,100 livres non compris les 11 livres par jour que la troupe lui a données tant pour battre la mesure à la musique que pour entretenir les ballets. »

Psyché fut jouée le 24 juillet 1671 et eut trente-huit représentations consécutives. C'était la première fois qu'on offrait au public une mise en scène aussi magnifique. La pièce était supérieurement rendue par Du Croisy (Jupiter), mademoiselle de Brie (Vénus), Baron (l'Amour), Molière (Zéphire), mesdemoiselles La Thorillière et du Croisy (Grâces), La Thorillière (le Roi), mademoiselle Molière (Psyché), mesdemoiselles Beaupré et Beauval (sœurs de Psyché), Hubert (Cléomène), La Grange (Agénor) Chateauneuf (Lycas), de Brie (le dieu d'un fleuve), La Thorillière fils et Barillonet (deux petits Amours).

Suivant l'opuscule, le célèbre acteur Baron, qui se fit admirer dans le rôle de l'Amour, n'avait alors que dix-huit ans. Il sortait de la troupe des petits comédiens de monseigneur le Dauphin, et n'était pas moins remarquable par ses charmes physiques que par ses talents. Il partagea les applaudissements du public avec mademoiselle Molière; mais, suivant l'opuscule intitulé : *la Fameuse Comédienne* ou histoire de la Guérin, auparavant veuve et femme de Molière, le succès qu'obtinrent les deux principaux acteurs de *Psyché* porta préjudice à l'honneur du mari. Voici ce que raconte à ce sujet l'opuscule en question : « Tant que mademoiselle Molière avait demeuré avec son mari, elle avait haï Baron comme un petit étourdi qui les mettait fort souvent mal ensemble par ses rapports; et comme la haine aveugle aussi bien que les autres passions, la sienne l'avait empêchée de le trouver joli. Mais quand ils n'eurent plus d'intérêts à démêler, et qu'elle lui eut entièrement abandonné la place, elle commença à le regarder sans prévention, et trouva qu'elle en pouvait faire un amusement agréable. La pièce de *Psyché*, que l'on jouait alors, seconda heureusement ses desseins et donna naissance à leur amour. La Molière représentait Psyché à charmer, et Baron, dont le personnage était l'Amour, y enlevait les cœurs de tous les spectateurs; les louanges communes qu'on leur donnait les obligèrent de s'examiner de leur côté avec plus d'attention, et même avec quelque sorte de plaisir. Baron n'est pas cruel; il se fut à peine aperçu du changement qui s'était fait dans le cœur de la Molière en sa faveur, qu'il y répondit aussitôt. Il fut le premier qui rompit le silence par le compliment qu'il lui fit sur le bonheur qu'il avait d'avoir été choisi pour représenter son amant; qu'il devait l'approbation du public à cet heureux hasard; qu'il n'était pas difficile de jouer un personnage que l'on sentait naturellement; qu'il serait toujours le meilleur acteur du monde si l'on disposait les choses de la même manière. La Molière répondit que les louanges que l'on donnait à un homme comme lui étaient dues à son mérite, et qu'elle n'y avait nulle part; que cependant la galanterie d'une personne qu'on disait avoir tant de maîtresses ne la surprenait pas, et qu'il devait être aussi bon comédien auprès des dames qu'il l'était sur le théâtre.

» Baron, à qui cette manière de reproches ne déplaisait pas, lui dit de son air indolent qu'il avait à la vérité quelques habitudes que l'on pouvait nommer bonnes fortunes, mais qu'il était prêt à lui tout sacrifier, et qu'il estimerait davantage la plus simple de ses faveurs que le dernier emportement de toutes les femmes avec qui il était bien, et dont il lui nomma aussitôt les noms par une discrétion qui lui est naturelle. La Molière fut enchantée de cette préférence, et l'amour-propre, qui embellit tous les objets qui nous flattent, lui fit trouver un appas sensible dans le sacrifice qu'il lui offrait de tant de rivales. »

Il paraît que Baron avait un rival dans Corneille, et que le vieux poëte a exprimé dans la scène VII de l'acte III des sentiments qu'il ressentait depuis longtemps. La *Gazette en vers* de Robinet, à la date du 26 novembre 1672, affirme que Corneille écrivit la tragédie de *Pulchérie* par l'effet de l'extrême estime que lui avait inspirée mademoiselle Molière. Corneille couvait cette passion depuis qu'il s'était fixé à Paris, en 1662. Il lui avait confié, en 1667, le rôle d'Honorie dans *Attila*. Le héros de sa *Pulchérie*, Martian, vieux comme l'auteur lui-même, lui ressemble encore par la durée de son amour.

> J'aime, et depuis dix ans ma flamme et mon silence
> Font à mon triste cœur égale violence.

Les plaintes italiennes si bizarrement intercalées dans le premier intermède de *Psyché*, ont été composées par Lulli. Elles ont été travesties ainsi par Thomas Corneille dans sa tragédie lyrique de *Psyché*, représentée par l'Académie royale de Musique le 19 avril 1678 :

FEMME AFFLIGÉE. Mêlez vos pleurs avec nos larmes,
Durs rochers, froides eaux, et vous, tigres affreux;
Pleurez le destin rigoureux
D'un objet dont le crime est d'avoir trop de charmes.
UN HOMME AFFLIGÉ. O dieux! quelle douleur!
AUTRE HOMME AFFLIGÉ. Ah! quel malheur!
UN HOMME AFFLIGÉ. Rigueur mortelle!
AUTRE HOMME. Fatalité cruelle!
TOUS TROIS. Faut-il, hélas!
Qu'un sort barbare
Puisse condamner au trépas
Une beauté si rare!
Cieux, astres, pleins de dureté,
Ah! quelle cruauté!
FEMME AFFLIGÉE. Répondez à ma plainte, échos de ces bocages;
Qu'un bruit lugubre éclate au fond de ces forêts;
Que les antres profonds, les cavernes sauvages,
Répètent les accents de mes tristes regrets.
AUTRE HOMME AFFLIGÉ. Quel de vous, ô grands dieux! avec tant de furie,
Veut détruire tant de beauté?
Impitoyable ciel, par cette barbarie
Voulez-vous surmonter l'enfer en cruauté?
UN HOMME AFFLIGÉ. Dieu plein de haine!
AUTRE HOMME AFFLIGÉ. Divinité trop inhumaine!
LES DEUX HOMMES. Pourquoi ce courroux si puissant
Contre un cœur innocent?
O rigueur inouïe!
Trancher de si beaux jours,
Lorsqu'ils donnent la vie
A tant d'amours!
FEMME DÉSOLÉE. Que c'est un vain secours contre un mal sans remède,
Que d'inutiles pleurs et des cris superflus!
Quand le ciel a donné des ordres absolus,
Il faut que l'effort humain cède.
O dieux! quelle douleur! etc.

On connaît encore, sur le sujet qu'a traité Molière, *la Psyché du Village*, comédie en cinq actes, en prose, avec un prologue et des intermèdes, par le comédien Guérin, représentée le 29 mai 1705; *l'Esclavage de Psyché*, opéra-comique en trois actes, par Panard et Fagan, représenté le 3 février 1731; et *Psyché et l'Amour*, ballet de M. de Moncrif.

ÉMILE DE LA BÉDOLLIÈRE.

PSYCHÉ.

PERSONNAGES DU PROLOGUE.

FLORE.	NYMPHES de la suite de Flore chantantes.
VERTUMNE, dieu des jardins.	DRYADES et SYLVAINS de la suite de Vertumne dansants.
PALÉMON, dieu des eaux.	SYLVAINS chantants.
VÉNUS.	DIEUX DES FLEUVES de la suite de Palémon dansants.
L'AMOUR.	DIEUX DES FLEUVES chantants.
ÉGIALE, Grâce.	NAIADES.
PHAÈNE, Grâce.	AMOURS de la suite de Vénus dansants.

PERSONNAGES DE LA TRAGI-COMÉDIE.

JUPITER.	AGLAURE, sœur de Psyché.
VÉNUS.	CYDIPPE, sœur de Psyché.
L'AMOUR.	CLÉOMÈNE, prince, amant de Psyché.
ZÉPHIRE.	AGÉNOR, prince, amant de Psyché.
ÉGIALE, Grâce.	LYCAS, capitaine des gardes.
PHAÈNE, Grâce.	DEUX AMOURS.
LE ROI, père de Psyché.	LE DIEU D'UN FLEUVE.
PSYCHÉ.	SUITE DU ROI.

PERSONNAGES DES INTERMÈDES.

PREMIER INTERMÈDE.

FEMME DÉSOLÉE chantante.
DEUX HOMMES AFFLIGÉS chantants.
HOMMES AFFLIGÉS dansants.
FEMMES DÉSOLÉES dansantes.

DEUXIÈME INTERMÈDE.

VULCAIN.
CYCLOPES dansants.
FÉES dansantes.

TROISIÈME INTERMÈDE.

UN ZÉPHYR chantant.
DEUX AMOURS chantants.
ZÉPHYRS dansants.
AMOURS dansants.

QUATRIÈME INTERMÈDE.

FURIES dansantes.
LUTINS faisant des sauts périlleux.

CINQUIÈME INTERMÈDE.

NOCES DE L'AMOUR ET DE PSYCHÉ.

APOLLON.
LES MUSES chantantes.
ARTS, travestis en bergers galants, dansants.
BACCHUS.
SILÈNE.
DEUX SATYRES chantants.
DEUX SATYRES voltigeants.
ÉGIPANS dansants.
MÉNADES dansantes.
MOME.
POLICHINELLES dansants.
MATASSINS dansants.
MARS.
GUERRIERS portant des enseignes.
GUERRIERS portant des piques.
GUERRIERS portant des masses et des boucliers.
CHŒUR des divinités célestes.

PROLOGUE.

SCÈNE I.

Le théâtre représente, sur le devant, un lieu champêtre, et la mer dans le fond.

FLORE, VERTUMNE, PALÉMON, NYMPHES DE FLORE, DRYADES, SYLVAINS, FLEUVES, NAIADES.

On voit des nuages suspendus en l'air, qui, en descendant, roulent, s'ouvrent, s'étendent, et, répandus dans toute la largeur du théâtre, laissent voir VÉNUS *et* L'AMOUR *accompagnés de six* AMOURS, *et à leurs côtés* ÉGIALE *et* PHAÈNE.

FLORE.

Ce n'est plus le temps de la guerre;
Le plus puissant des rois
Interrompt ses exploits
Pour donner la paix à la terre.
Descendez, mère des amours;
Venez nous donner de beaux jours.

CHŒUR *des divinités de la terre et des eaux.*

Nous goûtons une paix profonde,
Les plus doux jeux sont ici-bas.
On doit ce repos plein d'appas
Au plus grand roi du monde.
Descendez, mère des amours;
Venez nous donner de beaux jours.

PREMIÈRE ENTRÉE DE BALLET.

Les dryades, les sylvains, les dieux des fleuves et les naïades se réunissent et dansent à l'honneur de Vénus.

VERTUMNE.

Rendez-vous, beautés cruelles;
Soupirez à votre tour.

PALÉMON. Voici la reine des belles,
Qui vient inspirer l'amour.
VERTUMNE. Un bel objet toujours sévère
Ne se fait jamais bien aimer.
PALÉMON. C'est la beauté qui commence de plaire;
Mais la douceur achève de charmer.
TOUS DEUX ENSEMBLE. C'est la beauté qui commence de plaire;
Mais la douceur achève de charmer.
VERTUMNE. Souffrons tous qu'Amour nous blesse;
Languissons puisqu'il le faut.
PALÉMON. Que sert un cœur sans tendresse?
Est-il un plus grand défaut?
VERTUMNE. Un bel objet toujours sévère
Ne se fait jamais bien aimer.
PALÉMON. C'est la beauté qui commence de plaire;
Mais la douceur achève de charmer.
TOUS DEUX ENSEMBLE. C'est la beauté qui commence de plaire;
Mais la douceur achève de charmer.
FLORE. Est-on sage
Dans le bel âge,
Est-on sage
De n'aimer pas?
Que sans cesse
L'on se presse
De goûter les plaisirs ici-bas.
La sagesse
De la jeunesse,
C'est de savoir jouir de ses appas.

DEUXIÈME ENTRÉE DE BALLET.

Les divinités de la terre et des eaux mêlent leurs danses aux chants de Flore.

FLORE. L'Amour charme
Ceux qu'il désarme;
L'Amour charme,
Cédons-lui tous.
Notre peine
Serait vaine
De vouloir résister à ses coups.
Quelque chaîne
Qu'un amant prenne,
La liberté n'a rien qui soit si doux.
CHŒUR *des divinités de la terre et des eaux.*
Nous goûtons une paix profonde,
Les plus doux jeux sont ici-bas.
On doit ce repos plein d'appas
Au plus grand roi du monde.
Descendez, mère des amours;
Venez nous donner de beaux jours.

TROISIÈME ENTRÉE DE BALLET.

Les dryades, les sylvains, les dieux des fleuves et les naïades, voyant approcher Vénus, continuent d'exprimer par leurs danses la joie que leur inspire sa présence.

VÉNUS *dans sa machine.*
Cessez, cessez pour moi tous vos chants d'allégresse,
De si rares honneurs ne m'appartiennent pas;
Et l'hommage qu'ici votre bonté m'adresse
Doit être réservé pour de plus doux appas.
C'est une trop vieille méthode
De me venir faire sa cour;
Toutes les choses ont leur tour,
Et Vénus n'est plus à la mode:
Il est d'autres attraits naissants
Où l'on va porter ses encens.
Psyché, Psyché la belle, aujourd'hui tient ma place;
Déjà tout l'univers s'empresse à l'adorer;
Et c'est trop que, dans ma disgrâce,
Je trouve encor quelqu'un qui me daigne honorer.
On ne balance point entre nos deux mérites
A quitter mon parti tout s'est licencié;
Et du nombreux amas des Grâces favorites
Dont je traînais partout les soins et l'amitié,
Il ne m'en est resté que deux des plus petites,
Qui m'accompagnent par pitié.
Souffrez que ces demeures sombres
Prêtent leur solitude aux troubles de mon cœur,
Et me laissez, parmi leurs ombres,
Cacher ma honte et ma douleur.

Flore et les autres déités se retirent; et Vénus, avec sa suite, sort de sa machine.

SCÈNE II.

VÉNUS *descendue sur la terre;* L'AMOUR, ÉGIALE, PHAÈNE, AMOURS.

ÉGIALE. Nous ne savons, déesse, comment faire
Dans ce chagrin qu'on voit vous accabler:
Notre respect veut se taire,
Notre zèle veut parler.
VÉNUS. Parlez: mais si vos soins aspirent à me plaire,
Laissez tous vos conseils pour une autre saison,
Et ne parlez de ma colère
Que pour dire que j'ai raison.
C'était là, c'était là la plus sensible offense
Que ma divinité pût jamais recevoir;
Mais j'en aurai la vengeance,
Si les dieux ont du pouvoir.
PHAÈNE. Vous avez plus que nous de clartés, de sagesse,
Pour juger ce qui peut être digne de vous;
Mais pour moi j'aurais cru qu'une grande déesse
Devrait moins se mettre en courroux.
VÉNUS. Et c'est là la raison de ce courroux extrême.
Plus mon rang a d'éclat, plus l'affront est sanglant:
Et, si je n'étais pas dans ce degré suprême,
Le dépit de mon cœur serait moins violent.
Moi, la fille du dieu qui lance le tonnerre;
Mère du dieu qui fait aimer;
Moi, les plus doux souhaits du ciel et de la terre,
Et qui ne suis venue au jour que pour charmer;
Moi, qui par tout ce qui respire
Ai vu de tant de vœux encenser mes autels,
Et qui de la beauté, par des droits immortels,
Ai tenu de tout temps le souverain empire;
Moi, dont les yeux ont mis deux grandes déités
Au point de me céder le prix de la plus belle,
Je me vois ma victoire et mes droits disputés
Par une chétive mortelle!
Le ridicule excès d'un fol entêtement
Va jusqu'à m'opposer une petite fille!
Sur ses traits et les miens j'essuierai constamment
Un téméraire jugement;
Et, du haut des cieux, où je brille,
J'entendrai prononcer aux mortels prévenus:
Elle est plus belle que Vénus!
ÉGIALE. Voilà comme l'on fait; c'est le style des hommes,
Ils sont impertinents dans leurs comparaisons.
PHAÈNE. Ils ne sauraient louer, dans le siècle où nous sommes,
Qu'ils n'outragent les plus grands noms.
VÉNUS. Ah! que de ces trois mots la rigueur insolente
Venge bien Junon et Pallas,
Et console leurs cœurs de la gloire éclatante
Que la fameuse pomme acquit à mes appas!
Je les vois s'applaudir de mon inquiétude,
Affecter à toute heure un ris malicieux,
Et d'un fixe regard chercher avec étude
Ma confusion dans mes yeux.
Leur triomphante joie, au fort d'un tel outrage,
Semble me venir dire, insultant mon courroux:
Vante, vante, Vénus, les traits de ton visage:
Au jugement d'un seul tu l'emportas sur nous;
Mais par le jugement de tous,
Une simple mortelle a sur toi l'avantage.
Ah! ce coup-là m'achève, il me perce le cœur,
Je n'en puis plus souffrir les rigueurs sans égales;
Et c'est trop de surcroît à ma vive douleur,
Que le plaisir de mes rivales.
Mon fils, si j'eus jamais sur toi quelque crédit,
Et si jamais je te fus chère,
Si tu portes un cœur à sentir le dépit
Qui trouble le cœur d'une mère
Qui si tendrement te chérit,
Emploie, emploie ici l'effort de ta puissance
A soutenir mes intérêts,
Et fais à Psyché, par tes traits,
Sentir les traits de ma vengeance.
Pour rendre son cœur malheureux,
Prends celui de tes traits le plus propre à me plaire,
Le plus empoisonné de ceux
Que tu lances dans ta colère.

Du plus bas, du plus vil, du plus affreux mortel,
Fais que jusqu'à la rage elle soit enflammée,
Et qu'elle ait à souffrir le supplice cruel
D'aimer, et n'être point aimée.

L'AMOUR. Dans le monde on n'entend que plaintes de l'Amour;
On m'impute partout mille fautes commises;
Et vous ne croiriez point le mal et les sottises
Que l'on dit de moi chaque jour.
Si pour servir votre colère...

VÉNUS. Va, ne résiste point aux souhaits de ta mère;
N'applique tes raisonnements
Qu'à chercher les plus prompts moments
De faire un sacrifice à ma gloire outragée.
Pars, pour toute réponse à mes empressements;
Et ne me revois point que je ne sois vengée.
(L'Amour s'envole.)

ACTE PREMIER.

Le théâtre représente le palais du roi.

SCÈNE I.

AGLAURE, CYDIPPE.

AGLAURE. Il est des maux, ma sœur, que le silence aigrit :
Laissons, laissons parler mon chagrin et le vôtre;
Et de nos cœurs l'un à l'autre
Exhalons le cuisant dépit.
Nous nous voyons sœurs d'infortune;
Et la vôtre et la mienne ont un si grand rapport,
Que nous pouvons mêler toutes les deux en une,
Et, dans notre juste transport,
Murmurer à plainte commune
Des cruautés de notre sort.
Quelle fatalité secrète,
Ma sœur, soumet tout l'univers
Aux attraits de notre cadette,
Et, de tant de princes divers
Qu'en ces lieux la fortune jette,
N'en présente aucun à nos fers?
Quoi! voir de toutes parts, pour lui rendre les armes,
Les cœurs se précipiter,
Et passer devant nos charmes
Sans s'y vouloir arrêter!
Quel sort ont nos yeux en partage,
Et qu'est-ce qu'ils ont fait aux dieux,
De ne jouir d'aucun hommage
Parmi tous ces tributs de soupirs glorieux
Dont le superbe avantage
Fait triompher d'autres yeux?
Est-il pour nous, ma sœur, de plus rude disgrâce
Que de voir tous les cœurs mépriser nos appas,
Et l'heureuse Psyché jouir avec audace
D'une foule d'amants attachés à ses pas?

CYDIPPE. Ah! ma sœur, c'est une aventure
A faire perdre la raison;
Et tous les maux de la nature
Ne sont rien en comparaison.

AGLAURE. Pour moi, j'en suis souvent jusqu'à verser des larmes.
Tout plaisir, tout repos, par là m'est arraché;
Contre un pareil malheur ma constance est sans armes;
Toujours à ce chagrin mon esprit attaché
Me tient devant les yeux la honte de nos charmes,
Et le triomphe de Psyché.
La nuit, il m'en repasse une idée éternelle
Qui sur toute chose prévaut :
Rien ne me peut chasser cette image cruelle;
Et, dès qu'un doux sommeil me vient délivrer d'elle,
Dans mon esprit aussitôt
Quelque songe la rappelle
Qui me réveille en sursaut.

CYDIPPE. Ma sœur, voilà mon martyre.
Dans vos discours je me voi;
Et vous venez là de dire
Tout ce qui se passe en moi.

AGLAURE. Mais encor, raisonnons un peu sur cette affaire.
Quels charmes si puissants en elle sont épars?
Et par où, dites-moi, du grand secret de plaire
L'honneur est-il acquis à ses moindres regards?
Que voit-on dans sa personne
Pour inspirer tant d'ardeurs?
Quel droit de beauté lui donne
L'empire de tous les cœurs?
Elle a quelques attraits, quelque éclat de jeunesse,
On en tombe d'accord, je n'en disconviens pas :
Mais lui cède-t-on fort pour quelque peu d'aînesse,
Et se voit-on sans appas?
Est-on d'une figure à faire qu'on se raille?
N'a-t-on point quelques traits et quelques agréments,
Quelque teint, quelques yeux, quelque air et quelque taille
A pouvoir dans nos fers jeter quelques amants?
Ma sœur, faites-moi la grâce
De me parler franchement :
Suis-je faite d'un air, à votre jugement,
Que mon mérite au sien doive céder la place?
Et dans quelque ajustement
Trouvez-vous qu'elle m'efface?

CYDIPPE. Qui? vous, ma sœur? Nullement.
Hier à la chasse, près d'elle,
Je vous regardai longtemps :
Et, sans vous donner d'encens,
Vous me parûtes plus belle.
Mais, moi, dites, ma sœur, sans me vouloir flatter,
Sont-ce des visions que je me mets en tête,
Quand je me crois taillée à pouvoir mériter
La gloire de quelque conquête?

AGLAURE. Vous, ma sœur? Vous avez, sans nul déguisement,
Tout ce qui peut causer une amoureuse flamme.
Vos moindres actions brillent d'un agrément
Dont je me sens toucher l'âme;
Et je serais votre amant
Si j'étais autre que femme.

CYDIPPE. D'où vient donc qu'on la voit l'emporter sur nous deux,
Qu'à ses premiers regards les cœurs rendent les armes,
Et que d'aucun tribut de soupirs et de vœux
On ne fait honneur à nos charmes?

AGLAURE. Toutes les dames, d'une voix,
Trouvent ses attraits peu de chose;
Et du nombre d'amants qu'elle tient sous ses lois,
Ma sœur, j'ai découvert la cause.

CYDIPPE. Pour moi, je la devine; et l'on doit présumer
Qu'il faut que là-dessous soit caché du mystère.
Ce secret de tout enflammer
N'est point de la nature un effet ordinaire :
L'art de la Thessalie entre dans cette affaire;
Et quelque main a su, sans doute, lui former
Un charme pour se faire aimer.

AGLAURE. Sur un plus fort appui ma croyance se fonde;
Et le charme qu'elle a pour attirer les cœurs,
C'est un air en tout temps désarmé de rigueurs,
Des regards caressants que la bouche seconde,
Un souris chargé de douceurs
Qui tend les bras à tout le monde,
Et ne vous promet que faveurs.
Notre gloire n'est plus aujourd'hui conservée,
Et l'on n'est plus au temps de ces nobles fiertés
Qui, par un digne essai d'illustres cruautés,
Voulaient voir d'un amant la constance éprouvée.
De tout ce noble orgueil qui nous seyait si bien
On est bien descendu dans le siècle où nous sommes;
Et l'on en est réduite à n'espérer plus rien,
A moins que l'on se jette à la tête des hommes.

CYDIPPE. Oui, voilà le secret de l'affaire; et je voi
Que vous le prenez mieux que moi.
C'est pour nous attacher à trop de bienséance
Qu'aucun amant, ma sœur, à nous ne veut venir;
Et nous voulons trop soutenir
L'honneur de notre sexe et de notre naissance.
Les hommes maintenant aiment ce qui leur rit;
L'espoir, plus que l'amour, est ce qui les attire;
Et c'est par là que Psyché nous ravit
Tous les amants qu'on voit sous son empire.
Suivons, suivons l'exemple; ajustons-nous au temps :
Abaissons-nous, ma sœur, à faire des avances;
Et ne ménageons plus de tristes bienséances
Qui nous ôtent les fruits du plus beau de nos ans.

AGLAURE. J'approuve la pensée; et nous avons matière

D'en faire l'épreuve première
Aux deux princes qui sont les derniers arrivés.
Ils sont charmants, ma sœur; et leur personne entière
Me... Les avez-vous observés?
CYDIPPE. Ah ! ma sœur, ils sont faits tous deux d'une manière
Que mon âme... Ce sont deux princes achevés.
AGLAURE. Je trouve qu'on pourrait rechercher leur tendresse
Sans se faire déshonneur.
CYDIPPE. Je trouve que, sans honte, une belle princesse
Leur pourrait donner son cœur.
AGLAURE. Les voici tous deux; et j'admire
Leur air et leur ajustement.
CYDIPPE. Ils ne démentent nullement
Tout ce que nous venons de dire.

SCÈNE II.

CLÉOMÈNE, AGÉNOR, AGLAURE, CYDIPPE.

AGLAURE. D'ou vient, princes, d'où vient que vous fuyez ainsi?
Prenez-vous l'épouvante en nous voyant paraître?
CLÉOMÈNE. On nous faisait croire qu'ici
La princesse Psyché, madame, pourrait être.
AGLAURE. Tous ces lieux n'ont-ils rien d'agréable pour vous,
Si vous ne les voyez ornés de sa présence?
AGÉNOR. Ces lieux peuvent avoir des charmes assez doux;
Mais nous cherchons Psyché dans notre impatience.
CYDIPPE. Quelque chose de bien pressant
Vous doit à la chercher pousser tous deux sans doute.
CLÉOMÈNE. Le motif est assez puissant,
Puisque notre fortune enfin en dépend toute.
AGLAURE. Ce serait trop à nous que de nous informer
Du secret que ces mots nous peuvent enfermer.
CLÉOMÈNE. Nous ne prétendons point en faire de mystère :
Aussi bien, malgré nous, paraîtrait-il au jour;
Et le secret ne dure guère,
Madame, quand c'est de l'amour.
CYDIPPE. Sans aller plus avant, princes, cela veut dire
Que vous aimez Psyché tous deux?
AGÉNOR. Tous deux soumis à son empire,
Nous allons de concert lui découvrir nos feux.
AGLAURE. C'est une nouveauté, sans doute, assez bizarre,
Que deux rivaux si bien unis.
CLÉOMÈNE. Il est vrai que la chose est rare,
Mais non pas impossible à deux parfaits amis.
CYDIPPE. Est-ce que dans ces lieux il n'est qu'elle de belle?
Et n'y trouvez-vous point à séparer vos vœux?
AGLAURE. Parmi l'éclat du sang, vos yeux n'ont-ils vu qu'elle
A pouvoir mériter vos feux?
CLÉOMÈNE. Est-ce que l'on consulte au moment qu'on s'enflamme?
Choisit-on qui l'on veut aimer?
Et, pour donner toute son âme,
Regarde-t-on quel droit on a de nous charmer?
AGÉNOR. Sans qu'on ait le pouvoir d'élire,
On suit dans une telle ardeur
Quelque chose qui nous attire;
Et lorsque l'amour touche un cœur,
On n'a point de raison à dire.
AGLAURE. En vérité, je plains les fâcheux embarras
Où je vois que vos cœurs se mettent.
Vous aimez un objet dont les riants appas
Mêleront des chagrins à l'espoir qu'ils vous jettent,
Et son cœur ne vous tiendra pas
Tout ce que ses yeux vous promettent.
CYDIPPE. L'espoir qui vous appelle au rang de ses amants
Trouvera du mécompte aux douceurs qu'elle étale;
Et c'est pour essuyer de très-fâcheux moments,
Que les soudains retours de son âme inégale.
AGLAURE. Un clair discernement de ce que vous valez
Nous fait plaindre le sort où cet amour vous guide;
Et vous pouvez trouver tous deux, si vous voulez,
Avec autant d'attraits, une âme plus solide.
CYDIPPE. Par un choix plus doux de moitié,
Vous pouvez de l'amour sauver votre amitié;
Et l'on voit en vous deux un mérite si rare,
Qu'un tendre avis veut bien prévenir, par pitié,
Ce que votre cœur se prépare.
CLÉOMÈNE. Cet avis généreux fait pour nous éclater
Des bontés qui nous touchent l'âme;
Mais le ciel nous réduit à ce malheur, madame,
De ne pouvoir en profiter.
AGÉNOR. Votre illustre pitié veut en vain nous distraire
D'un amour dont tous deux nous redoutons l'effet;
Ce que notre amitié, madame, n'a pas fait,
Il n'est rien qui le puisse faire.
CYDIPPE. Il faut que le pouvoir de Psyché... La voici.

SCÈNE III.

PSYCHÉ, CYDIPPE, AGLAURE, CLÉOMÈNE, AGÉNOR.

CYDIPPE. Venez jouir, ma sœur, de ce qu'on vous apprête.
AGLAURE. Préparez vos attraits à recevoir ici
Le triomphe nouveau d'une illustre conquête.
CYDIPPE. Ces princes ont tous deux si bien senti vos coups,
Qu'à vous le découvrir leur bouche se dispose.
PSYCHÉ. Du sujet qui les tient si rêveurs parmi nous
Je ne me croyais pas la cause;
Et j'aurais cru toute autre chose,
En les voyant parler à vous.
AGLAURE. N'ayant ni beauté ni naissance
A pouvoir mériter leur amour et leurs soins,
Ils nous favorisent au moins
De l'honneur de la confidence.
CLÉOMÈNE *à Psyché.* L'aveu qu'il nous faut faire à vos divins appas
Est sans doute, madame, un aveu téméraire;
Mais tant de cœurs, près du trépas,
Sont par de tels aveux forcés à vous déplaire,
Que vous êtes réduite à ne les punir pas
Des foudres de votre colère.
Vous voyez en nous deux amis
Qu'un doux rapport d'humeurs sut joindre dès l'enfance;
Et ces tendres liens se sont vus affermis
Par cent combats d'estime et de reconnaissance.
Du destin ennemi les assauts rigoureux,
Les mépris de la mort et l'aspect des supplices.
Par d'illustres éclats de mutuels offices,
Ont de notre amitié signalé les beaux nœuds :
Mais, à quelques essais qu'elle se soit trouvée,
Son grand triomphe est en ce jour;
Et rien ne fait tant voir sa constance éprouvée,
Que de se conserver au milieu de l'amour.
Oui, malgré tant d'appas, son illustre constance
Aux lois qu'elle nous fait a soumis tous nos vœux;
Elle vient, d'une douce et pleine déférence,
Remettre à votre choix le succès de nos feux;
Et, pour donner un poids à notre concurrence,
Qui des raisons d'état entraîne la balance
Sur le choix de l'un de nous deux,
Cette même amitié s'offre sans répugnance
D'unir nos deux états au sort du plus heureux.
AGÉNOR. Oui, de ces deux états, madame,
Que sous votre heureux choix nous nous offrons d'unir,
Nous voulons faire à notre flamme
Un secours pour vous obtenir.
Ce que, pour ce bonheur, près du roi votre père,
Nous nous sacrifions tous deux
N'a rien de difficile à nos cœurs amoureux;
Et c'est au plus heureux faire un don nécessaire
D'un pouvoir dont le malheureux,
Madame, n'aura plus affaire.
PSYCHÉ. Le choix que vous m'offrez, princes, montre à mes yeux
De quoi remplir les vœux de l'âme la plus fière;
Et vous me le parez tous deux d'une manière
Qu'on ne peut rien offrir qui soit plus précieux.
Vos feux, votre amitié, votre vertu suprême,
Tout me relève en vous l'offre de votre foi;
Et j'y vois un mérite à s'opposer lui-même
A ce que vous voulez de moi.
Ce n'est pas à mon cœur qu'il faut que je défère,
Pour entrer sous de tels liens :
Ma main pour se donner attend l'ordre d'un père,
Et mes sœurs ont des droits qui vont devant les miens.
Mais si l'on me rendait sur mes vœux absolue,
Vous y pourriez avoir trop de part à la fois;
Et toute mon estime, entre vous suspendue,
Ne pourrait sur aucun laisser tomber mon choix.
A l'ardeur de votre poursuite
Je répondrais assez de mes vœux les plus doux;
Mais c'est, parmi tant de mérite,
Trop que deux cœurs pour moi, trop peu qu'un cœur pour vous.
De mes plus doux souhaits j'aurais l'âme gênée
A l'effort de votre amitié;
Et j'y vois l'un de vous prendre une destinée
A me faire trop de pitié.
Oui, princes, à tous ceux dont l'amour suit le vôtre
Je vous préférerais tous deux avec ardeur;
Mais je n'aurais jamais le cœur

De pouvoir préférer l'un de vous deux à l'autre.
A celui que je choisirais
Ma tendresse ferait un trop grand sacrifice;
Et je m'imputerais à barbare injustice
Le tort qu'à l'autre je ferais.
Oui, tous deux vous brilles de trop de grandeur d'âme
Pour en faire aucun malheureux,
Et vous deves chercher dans l'amoureuse flamme
Le moyen d'être heureux tous deux.
Si votre cœur me considère
Asses pour me souffrir de disposer de vous,
J'ai deux sœurs capables de plaire,
Qui peuvent bien vous faire un destin asses doux;
Et l'amitié me rend leur personne asses chère
Pour vous souhaiter leurs époux.

CLÉOMÈNE. Un cœur dont l'amour est extrême
Peut-il bien consentir, hélas!
D'être donné par ce qu'il aime?
Sur nos deux cœurs, madame, à vos divins appas
Nous donnons un pouvoir suprême :
Disposes-en pour le trépas;
Mais pour une autre que vous-même,
Ayes cette bonté de n'en disposer pas.

AGÉNOR. Aux princesses, madame, on ferait trop d'outrage;
Et c'est pour leurs attraits un indigne partage
Que les restes d'une autre ardeur.
Il faut d'un premier feu la pureté fidèle
Pour aspirer à cet honneur
Où votre bonté nous appelle;
Et chacune mérite un cœur
Qui n'ait soupiré que pour elle.

AGLAURE. Il me semble, sans nul courroux,
Qu'avant que de vous en défendre,
Princes, vous devies bien attendre
Qu'on se fût expliqué sur vous.
Nous croyez-vous un cœur si facile et si tendre?
Et, lorsqu'on parle ici de vous donner à nous,
Saves-vous si l'on veut vous prendre?

CYDIPPE. Je pense que l'on a d'asses hauts sentiments
Pour refuser un cœur qu'il faut qu'on sollicite,
Et qu'on ne veut devoir qu'à son propre mérite
La conquête de ses amants.

PSYCHÉ. J'ai cru pour vous, mes sœurs, une gloire assez grande
Si la possession d'un mérite si haut...

SCÈNE IV.

PSYCHÉ, AGLAURE, CYDIPPE, CLÉOMÈNE, AGÉNOR, LYCAS.

LYCAS *à Psyché*. Ah! madame.

PSYCHÉ. Qu'as-tu?

LYCAS. Le roi...

PSYCHÉ. Quoi?

LYCAS. Vous demande.

PSYCHÉ. De ce trouble si grand que faut-il que j'attende?

LYCAS. Vous ne le saures que trop tôt.

PSYCHÉ. Hélas! que pour le roi tu me donnes à craindre!

LYCAS. Ne craignes que pour vous, c'est vous que l'on doit plaindre.

PSYCHÉ. C'est pour louer le ciel et me voir hors d'effroi,
De savoir que je n'aie à craindre que pour moi.
Mais apprends-moi, Lycas, le sujet qui te touche.

LYCAS. Souffres que j'obéisse à qui m'envoie ici,
Madame, et qu'on vous laisse apprendre de sa bouche
Ce qui peut m'affliger ainsi.

PSYCHÉ. Allons savoir sur quoi l'on craint tant ma faiblesse.

SCÈNE V.

AGLAURE, CYDIPPE, LYCAS.

AGLAURE. Si ton ordre n'est pas jusqu'à nous étendu,
Dis-nous quel grand malheur nous couvre ta tristesse.

LYCAS. Hélas! ce grand malheur dans la cour répandu,
Voyez-le vous-même, princesse,
Dans l'oracle qu'au roi les destins ont rendu.
Voici ses propres mots que la douleur, madame,
A gravés au fond de mon âme :

Que l'on ne pense nullement
A vouloir de Psyché conclure l'hyménée :
Mais qu'au sommet d'un mont elle soit promptement
En pompe funèbre menée;
Et que, de tous abandonnée,
Pour époux elle attende en ces lieux constamment
Un monstre dont on a la vue empoisonnée,
Un serpent qui répand son venin en tous lieux,
Et trouble dans sa rage et la terre et les cieux.

Après un arrêt si sévère,
Je vous quitte, et vous laisse à juger entre vous
Si par de plus cruels et plus sensibles coups
Tous les dieux nous pouvaient expliquer leur colère.

SCÈNE VI.

AGLAURE, CYDIPPE.

CYDIPPE. Ma sœur, que sentez-vous à ce soudain malheur
Où nous voyons Psyché par les destins plongée?

AGLAURE. Mais vous, que sentez-vous, ma sœur?

CYDIPPE. A ne vous point mentir, je sens que dans mon cœur
Je n'en suis pas trop affligée.

AGLAURE. Moi, je sens quelque chose au mien
Qui ressemble assez à la joie.
Allons, le destin nous envoie
Un mal que nous pouvons regarder comme un bien.

PREMIER INTERMÈDE.

La scène est changée en des rochers affreux, et fait voir dans l'éloignement une effroyable solitude.
C'est dans ce désert que Psyché doit être exposée pour obéir à l'oracle
Une troupe de personnes affligées y viennent déplorer sa disgrâce.

FEMMES *désolées*, HOMMES *affligés chantants et dansants.*

UNE FEMME *désolée*. Deh! piangete al pianto mio,
Sassi duri, antiche selve;
Lagrimate, fonti, e belve,
D'un bel volto il fato rio.

PREMIER HOMME *affligé*. Ahi dolore!

SECOND HOMME *affligé*. Ahi martiro!

PREMIER HOMME *affligé*. Cruda morte!

FEMME *désolée* et SECOND HOMME *affligé*. Empia sorte!

LES DEUX HOMMES *affligés*. Che condanni a morir tanta beltà!

TOUS TROIS ENSEMBLE. Cieli! stelle! ahi crudeltà!

UNE FEMME *désolée*. Rispondete a miei lamenti,
Antri cavi, ascose rupi :
Deh! ridite, fondi cupi,
Del mio duolo i mesti accenti.

PREMIER HOMME *affligé*. Ahi dolore!

SECOND HOMME *affligé*. Ahi martire!

PREMIER HOMME *affligé*. Cruda morte!

FEMME *désolée* et SECOND HOMME *affligé*. Empia sorte!

LES DEUX HOMMES *affligés*. Che condanni a morir tanta beltà!

TOUS TROIS ENSEMBLE. Cieli! stelle! ahi crudeltà!

SECOND HOMME *affligé*. Com' esser puo fra voi, o numi eterni,
Chi voglia estinta una beltà innocente?
Ahi! che tanto rigor, cielo inclemente,
Vince di crudeltà gli stessi inferni?

PREMIER HOMME *affligé*. Nume fiero!

SECOND HOMME *affligé*. Dio severo!

LES DEUX HOMMES *affligés*. Perche tanto rigor
Contro innocente cor?
Ahi! sentenza inudita!
Dar morte alla beltà, ch' altrui da vita!

ENTRÉE DE BALLET.

Six hommes affligés et six femmes désolées expriment, en dansant, leur douleur par leurs attitudes.

UNE FEMME *désolée*. Ahi! ch' indarno si tarda!
Non resiste agli dei mortale affetto;
Alto impero ne sforza :
Ove commanda il ciel, l'uom cede a forza.

PREMIER HOMME *affligé*. Ahi dolore!

SECOND HOMME *affligé*. Ahi martire!

PREMIER HOMME *affligé*. Cruda morte!

FEMME *désolée* et SECOND HOMME *affligé*. Empia sorte!

LES DEUX HOMMES *affligés*. Che condanni à morir tanta beltà!

TOUS TROIS ENSEMBLE. Cieli! stelle! ahi crudeltà!

ACTE DEUXIÈME.

SCÈNE I.

LE ROI, PSYCHÉ, AGLAURE, CYDIPPE, LYCAS, *suite.*

PSYCHÉ.
De vos larmes, seigneur, la source m'est bien chère;
Mais c'est trop aux bontés que vous avez pour moi
Que de laisser régner les tendresses de père
Jusque dans les yeux d'un grand roi.
Ce qu'on vous voit ici donner à la nature
Au rang que vous tenez, seigneur, fait trop d'injure,
Et j'en dois refuser les touchantes faveurs.
Laissez moins sur votre sagesse
Prendre d'empire à vos douleurs,
Et cessez d'honorer mon destin par des pleurs
Qui dans le cœur d'un roi montrent de la faiblesse.

LE ROI.
Ah! ma fille, à ces pleurs laisse mes yeux ouverts;
Mon deuil est raisonnable, encor qu'il soit extrême;
Et lorsque pour toujours on perd ce que je perds,
La sagesse, crois-moi, peut pleurer elle-même.
En vain l'orgueil du diadème
Veut qu'on soit insensible à ces cruels revers;
En vain de la raison les secours sont offerts
Pour vouloir d'un œil sec voir mourir ce qu'on aime :
L'effort en est barbare aux yeux de l'univers,
Et c'est brutalité plus que vertu suprême.
Je ne veux point, dans cette adversité,
Parer mon cœur d'insensibilité,
Et cacher l'ennui qui me touche :
Je renonce à la vanité
De cette dureté farouche
Que l'on appelle fermeté;
Et de quelque façon qu'on nomme
Cette vive douleur dont je ressens les coups,
Je veux bien l'étaler, ma fille, aux yeux de tous,
Et dans le cœur d'un roi montrer le cœur d'un homme.

PSYCHÉ.
Je ne mérite pas cette grande douleur :
Opposez, opposez un peu de résistance
Aux droits qu'elle prend sur un cœur
Dont mille événements ont marqué la puissance.
Quoi! faut-il que pour moi vous renonciez, seigneur,
A cette royale constance
Dont vous avez fait voir, dans les coups du malheur,
Une fameuse expérience?

LE ROI.
La constance est facile en mille occasions.
Toutes les révolutions
Où nous peut exposer la fortune inhumaine,
La perte des grandeurs, les persécutions,
Le poison de l'envie et les traits de la haine,
N'ont rien que ne puissent sans peine
Braver les résolutions
D'une âme où la raison est un peu souveraine.
Mais ce qui porte des rigueurs
A faire succomber les cœurs
Sous le poids des douleurs amères,
Ce sont, ce sont les rudes traits
De ces fatalités sévères
Qui nous enlèvent pour jamais
Les personnes qui nous sont chères.
La raison contre de tels coups
N'offre point d'armes secourables;
Et voilà des dieux en courroux
Les foudres les plus redoutables
Qui se puissent lancer sur nous.

PSYCHÉ.
Seigneur, une douceur ici vous est offerte.
Votre hymen a reçu plus d'un présent des dieux;
Et par une faveur ouverte
Ils ne vous ôtent rien, en m'ôtant à vos yeux,
Dont ils n'aient pris le soin de réparer la perte.
Il vous reste de quoi consoler vos douleurs;
Et cette loi du ciel, que vous nommez cruelle,
Dans les deux princesses mes sœurs
Laisse à l'amitié paternelle
Où placer toutes ses douceurs.

LE ROI.
Ah! de mes maux soulagement frivole!
Rien, rien ne s'offre à moi qui de toi me console.
C'est sur mes déplaisirs que j'ai les yeux ouverts,
Et, dans un destin si funeste,
Je regarde ce que je perds
Et ne vois point ce qui me reste.

PSYCHÉ.
Vous savez mieux que moi qu'aux volontés des dieux,
Seigneur, il faut régler les nôtres;
Et je ne puis vous dire, en ces tristes adieux,
Que ce que beaucoup mieux vous pouvez dire aux autres.
Ces dieux sont maîtres souverains
Des présents qu'ils daignent nous faire;
Ils ne les laissent dans nos mains
Qu'autant de temps qu'il peut leur plaire;
Lorsqu'ils viennent les retirer,
On n'a nul droit de murmurer
Des grâces que leur main ne veut plus nous étendre.
Seigneur, je suis un don qu'ils ont fait à vos vœux;
Et quand par cet arrêt ils veulent me reprendre,
Ils ne vous ôtent rien que vous ne teniez d'eux,
Et c'est sans murmurer que vous devez me rendre.

LE ROI.
Ah! cherche un meilleur fondement
Aux consolations que ton cœur me présente,
Et de la fausseté de ce raisonnement
Ne fais point un accablement
A cette douleur si cuisante
Dont je souffre ici le tourment.
Crois-tu là me donner une raison puissante
Pour ne me plaindre point de cet arrêt des cieux?
Et, dans le procédé des dieux
Dont tu veux que je me contente,
Une rigueur assassinante
Ne paraît-elle pas aux yeux?
Vois l'état où ces dieux me forcent à te rendre,
Et l'autre où te reçut mon cœur infortuné;
Tu connaîtras par là qu'ils me viennent reprendre
Bien plus que ce qu'ils m'ont donné.
Je reçus d'eux en toi, ma fille,
Un présent que mon cœur ne leur demandait pas;
J'y trouvais alors peu d'appas,
Et leur en vis sans joie accroître ma famille :
Mais mon cœur, ainsi que mes yeux,
S'est fait de ce présent une douce habitude;
J'ai mis quinze ans de soins, de veilles et d'étude
A me le rendre précieux;
Je l'ai paré de l'aimable richesse
De mille brillantes vertus;
En lui j'ai renfermé, par des soins assidus,
Tous les plus beaux trésors que fournit la sagesse;
A lui j'ai de mon âme attaché la tendresse;
J'en ai fait de ce cœur le charme et l'allégresse,
La consolation de mes sens abattus,
Le doux espoir de ma vieillesse.
Ils m'ôtent tout cela, ces dieux,
Et tu veux que je n'aie aucun sujet de plainte
Sur cet affreux arrêt dont je souffre l'atteinte!
Ah! leur pouvoir se joue avec trop de rigueur
Des tendresses de notre cœur.
Pour m'ôter leur présent, leur fallait-il attendre
Que j'en eusse fait tout mon bien?
Ou plutôt, s'ils avaient dessein de le reprendre,
N'eût-il pas été mieux de ne me donner rien?

PSYCHÉ.
Seigneur, redoutez la colère
De ces dieux contre qui vous osez éclater.

LE ROI.
Après ce coup, que peuvent-ils me faire?
Ils m'ont mis en état de ne rien redouter.

PSYCHÉ.
Ah! seigneur, je tremble des crimes
Que je vous fais commettre, et je dois me haïr.

LE ROI.
Ah! qu'ils souffrent du moins mes plaintes légitimes!
Ce m'est assez d'effort que de leur obéir;
Ce doit leur être assez que mon cœur t'abandonne
Au barbare respect qu'il faut qu'on ait pour eux,
Sans prétendre gêner la douleur que me donne
L'épouvantable arrêt d'un sort si rigoureux.
Mon juste désespoir ne saurait se contraindre;
Je veux, je veux garder ma douleur à jamais;
Je veux sentir toujours la perte que je fais;
De la rigueur du ciel je veux toujours me plaindre,
Je veux jusqu'au trépas incessamment pleurer
Ce que tout l'univers ne peut me réparer.

PSYCHÉ.
Ah! de grâce, seigneur, épargnez ma faiblesse;
J'ai besoin de constance en l'état où je suis;
Ne fortifiez point l'excès de mes ennuis
Des larmes de votre tendresse.
Seuls ils sont assez forts; et c'est trop pour mon cœur
De mon destin et de votre douleur.

LE ROI.
Oui, je dois t'épargner mon deuil inconsolable.
Voici l'instant fatal de m'arracher de toi :
Mais comment prononcer ce mot épouvantable?
Il le faut toutefois, le ciel m'en fait la loi;
Une rigueur inévitable
M'oblige à te laisser en ce funeste lieu.
Adieu, je vais... Adieu.

SCÈNE II.

PSYCHÉ, AGLAURE, CYDIPPE.

PSYCHÉ. Suivez le roi, mes sœurs, vous essuierez ses larmes,
Vous adoucirez ses douleurs;
Et vous l'accableriez d'alarmes
Si vous vous exposiez encore à mes malheurs.
Conservez-lui ce qui lui reste;
Le serpent que j'attends peut vous être funeste,
Vous envelopper dans mon sort,
Et me porter en vous une seconde mort.
Le ciel m'a seule condamnée
A son haleine empoisonnée :
Rien ne saurait me secourir,
Et je n'ai pas besoin d'exemple pour mourir.
AGLAURE. Ne nous enviez pas ce cruel avantage
De confondre nos pleurs avec vos déplaisirs,
De mêler nos soupirs à vos derniers soupirs :
D'une tendre amitié souffrez ce dernier gage.
PSYCHÉ. C'est vous perdre inutilement.
CYDIPPE. C'est en votre faveur espérer un miracle,
Ou vous accompagner jusques au monument.
PSYCHÉ. Que peut-on se promettre après un tel oracle?
AGLAURE. Un oracle jamais n'est sans obscurité :
On l'entend d'autant moins que mieux on croit l'entendre;
Et peut-être, après tout, n'en devez-vous attendre
Que gloire et que félicité.
Laissez-nous voir, ma sœur, par une digne issue
Cette frayeur mortelle heureusement déçue,
Ou mourir du moins avec vous
Si le ciel à nos vœux ne se montre plus doux.
PSYCHÉ. Ma sœur, écoutez mieux la voix de la nature
Qui vous appelle auprès du roi.
Vous m'aimez trop; le devoir en murmure,
Vous en savez l'indispensable loi.
Un père vous doit être encor plus cher que moi.
Rendez-vous toutes deux l'appui de sa vieillesse,
Vous lui devez chacune un gendre et des neveux.
Mille rois à l'envi vous gardent leur tendresse,
Mille rois à l'envi vous offriront leurs vœux.
L'oracle me veut seule; et seule aussi je veux
Mourir si je puis sans faiblesse,
Ou ne vous avoir pas pour témoins toutes deux
De ce que malgré moi la nature m'en laisse.
AGLAURE. Partager vos malheurs, c'est vous importuner?
CYDIPPE. J'ose dire un peu plus, ma sœur, c'est vous déplaire?
PSYCHÉ. Non; mais enfin c'est me gêner,
Et peut-être du ciel redoubler la colère.
AGLAURE. Vous le voulez, et nous partons.
Daigne ce même ciel, plus juste et moins sévère,
Vous envoyer le sort que nous vous souhaitons,
Et que notre amitié sincère,
En dépit de l'oracle, et malgré vous, espère!
PSYCHÉ. Adieu. C'est un espoir, ma sœur, et des souhaits
Qu'aucun des dieux ne remplira jamais.

SCÈNE III.

PSYCHÉ *seule*.

Enfin, seule et toute à moi-même,
Je puis envisager cet affreux changement
Qui du haut d'une gloire extrême
Me précipite au monument.
Cette gloire était sans seconde;
L'éclat s'en répandait jusqu'aux deux bouts du monde;
Tout ce qu'il a de rois semblaient faits pour m'aimer;
Tous leurs sujets, me prenant pour déesse,
Commençaient à m'accoutumer
Aux encens qu'ils m'offraient sans cesse;
Leurs soupirs me suivaient sans qu'il m'en coûtât rien;
Mon âme restait libre en captivant tant d'âmes;
Et j'étais, parmi tant de flammes,
Reine de tous les cœurs et maîtresse du mien.
O ciel, m'auriez-vous fait un crime
De cette insensibilité?
Déployez-vous sur moi tant de sévérité
Pour n'avoir à leurs vœux rendu que de l'estime?
Si vous m'imposiez cette loi
Qu'il fallût faire un choix pour ne pas vous déplaire,
Puisque je ne pouvais le faire,
Que ne le faisiez-vous pour moi?
Que ne m'inspiriez-vous ce qu'inspire à tant d'autres
Le mérite, l'amour et... Mais que vois-je ici?...

SCÈNE IV.

CLÉOMÈNE, AGÉNOR, PSYCHÉ.

CLÉOMÈNE. Deux amis, deux rivaux, dont l'unique souci
Est d'exposer leurs jours pour conserver les vôtres.
PSYCHÉ. Puis-je vous écouter, quand j'ai chassé deux sœurs?
Princes, contre le ciel pensez-vous me défendre?
Vous livrer au serpent qu'ici je dois attendre,
Ce n'est qu'un désespoir qui sied mal aux grands cœurs;
Et mourir alors que je meurs,
C'est accabler une âme tendre
Qui n'a que trop de ses douleurs.
AGÉNOR. Un serpent n'est pas invincible;
Cadmus, qui n'aimait rien, défit celui de Mars.
Nous aimons, et l'Amour sait rendre tout possible
Au cœur qui suit ses étendards,
A la main dont lui-même il conduit tous les dards.
PSYCHÉ. Voulez-vous qu'il vous serve en faveur d'une ingrate
Que tous ses traits n'ont pu toucher;
Qu'il dompte sa vengeance au moment qu'elle éclate,
Et vous aide à m'en arracher?
Quand même vous m'auriez servie,
Quand vous m'auriez rendu la vie,
Quel fruit espérez-vous de qui ne peut aimer?
CLÉOMÈNE. Ce n'est point par l'espoir d'un si charmant salaire
Que nous nous sentons animer;
Nous ne cherchons qu'à satisfaire
Aux devoirs d'un amour qui n'ose préférer
Que jamais, quoi qu'il puisse faire,
Il soit capable de vous plaire
Et digne de vous enflammer.
Vivez, belle princesse, et vivez pour un autre;
Nous le verrons d'un œil jaloux;
Nous en mourrons, mais d'un trépas plus doux
Que s'il nous fallait voir le vôtre :
Et si nous ne mourons en vous sauvant le jour,
Quelque amour qu'à nos yeux vous préfériez au nôtre,
Nous voulons bien mourir de douleur et d'amour.
PSYCHÉ. Vivez, princes, vivez, et de ma destinée
Ne songez plus à rompre ou partager la loi;
Je crois vous l'avoir dit, le ciel ne veut que moi,
Le ciel m'a seule condamnée.
Je pense ouïr déjà les mortels sifflements
De son ministre qui s'approche :
Ma frayeur me le peint, me l'offre à tous moments;
Et maîtresse qu'elle est de tous mes sentiments,
Elle me le figure au haut de cette roche.
J'en tombe de faiblesse, et mon cœur abattu
Ne soutient plus qu'à peine un reste de vertu.
Adieu, princes; fuyez, qu'il ne vous empoisonne.
AGÉNOR. Rien ne s'offre à nos yeux encor qui les étonne;
Et quand vous vous peignez un si proche trépas,
Si la force vous abandonne,
Nous avons des cœurs et des bras
Que l'espoir n'abandonne pas.
Peut-être qu'un rival a dicté cet oracle,
Que l'or a fait parler celui qui l'a rendu.
Ce ne serait pas un miracle
Que pour un dieu muet un homme eût répondu;
Et dans tous les climats on n'a que trop d'exemples
Qu'il est, ainsi qu'ailleurs, des méchants dans les temples.
CLÉOMÈNE. Laissez-nous opposer au lâche ravisseur
A qui le sacrilége indignement vous livre,
Un amour qu'a le ciel choisi pour défenseur
De la seule beauté pour qui nous voulons vivre.
Si nous n'osons prétendre à sa possession,
Du moins en son péril permettez-nous de suivre
L'ardeur et les devoirs de notre passion.
PSYCHÉ. Portez-les à d'autres moi-mêmes,
Princes, portez-les à mes sœurs,
Ces devoirs, ces ardeurs extrêmes,
Dont pour moi sont remplis vos cœurs :
Vivez pour elles, quand je meurs.
Plaignez de mon destin les funestes rigueurs,
Sans leur donner en vous de nouvelles matières.
Ce sont mes volontés dernières;
Et l'on a reçu de tout temps
Pour souveraines lois les ordres des mourants.
CLÉOMÈNE. Princesse...

PSYCHÉ. Encore un coup, princes, vivez pour elles.
Tant que vous m'aimerez, vous devez m'obéir,
Ne me réduisez pas à vouloir vous haïr,
Et vous regarder en rebelles
A force de m'être fidèles.
Allez, laissez-moi seule expirer en ce lieu
Où je n'ai plus de voix que pour vous dire adieu.
Mais je sens qu'on m'enlève, et l'air m'ouvre une route
D'où vous n'entendrez plus cette mourante voix.
Adieu, princes, adieu pour la dernière fois.
Voyez si de mon sort vous pouvez être en doute.
(Psyché est enlevée en l'air par deux Zéphyrs.)

ACTE II, SCÈNE I.

PSYCHÉ. De vos larmes, seigneur, la source m'est bien chère...

AGÉNOR. Nous la perdons de vue. Allons tous deux chercher
Sur le faîte de ce rocher,
Prince, les moyens de la suivre.
CLÉOMÈNE. Allons-y chercher ceux de ne lui point survivre.

SCÈNE V.

L'AMOUR *en l'air.*

Allez mourir, rivaux d'un dieu jaloux
Dont vous méritez le courroux
Pour avoir eu le cœur sensible aux mêmes charmes.
Et toi, forge, Vulcain, mille brillants attraits
Pour orner un palais
Où l'Amour de Psyché veut essuyer les larmes
Et lui rendre les armes.

DEUXIÈME INTERMÈDE.

La scène se change en une cour magnifique, ornée de colonnes de lapis enrichies de figures d'or, qui forment un palais pompeux et brillant, que l'Amour destine pour Psyché.

VULCAIN, CYCLOPES, FÉES.

VULCAIN. Dépêchez, préparez ces lieux
Pour le plus aimable des dieux;
Que chacun pour lui s'intéresse :
N'oubliez rien des soins qu'il faut.
Quand l'Amour presse,
On n'a jamais fait assez tôt.

L'Amour ne veut point qu'on diffère :
Travaillez, hâtez-vous;
Frappez, redoublez vos coups :
Que l'ardeur de lui plaire
Fasse vos soins les plus doux.

PREMIÈRE ENTRÉE DE BALLET.

Les Cyclopes achèvent en cadence de grands vases d'or que les Fées leur apportent.

VULCAIN. Servez bien un dieu si charmant;
Il se plaît dans l'empressement :
Que chacun pour lui s'intéresse;
N'oubliez rien des soins qu'il faut.
Quand l'Amour presse;
On n'a jamais fait assez tôt.

L'Amour ne veut point qu'on diffère :
Travaillez, hâtez-vous;
Frappez, redoublez vos coups :
Que l'ardeur de lui plaire
Fasse vos soins les plus doux.

ACTE III, SCÈNE I.

L'AMOUR. Il est temps de sortir de cette longue enfance
Qui fatigue ma patience.

DEUXIÈME ENTRÉE DE BALLET.

Les Cyclopes et les Fées placent en cadence les vases d'or qui doivent être de nouveaux ornements du palais de l'Amour.

ACTE TROISIÈME.

SCÈNE I.

L'AMOUR, ZÉPHIRE.

ZÉPHIRE. Oui, je me suis galamment acquitté
De la commission que vous m'avez donnée.

Et, du haut du rocher, je l'ai, cette beauté,
Par le milieu des airs, doucement amenée
Dans ce beau palais enchanté,
Où vous pouvez en liberté
Disposer de sa destinée.
Mais vous me surprenez par ce grand changement
Qu'en votre personne vous faites :
Cette taille, ces traits et cet ajustement
Cachent tout à fait qui vous êtes;
Et je donne aux plus fins à pouvoir en ce jour
Vous reconnaître pour l'Amour.

Psyché.

L'AMOUR. Aussi ne veux-je pas qu'on puisse me connoître :
Je ne veux à Psyché que découvrir mon cœur,
Rien que les beaux transports de cette vive ardeur
Que ses doux charmes y font naître;
Et pour exprimer l'amoureuse langueur,
Et cacher ce que je puis être
Aux yeux qui m'imposent des lois,
J'ai pris la forme que tu vois.
ZÉPHIRE. En tout vous êtes un grand maître,
C'est ici que je le connois.
Sous des déguisements de diverse nature,
On a vu les dieux amoureux
Chercher à soulager cette douce blessure
Que reçoivent les cœurs de vos traits pleins de feux :
Mais en bon sens vous l'emportez sur eux;
Et voilà la bonne figure
Pour avoir un succès heureux
Près de l'aimable sexe où l'on porte ses vœux.
Oui, de ces formes-là l'assistance est bien forte;
Et, sans parler ni de rang ni d'esprit,
Qui peut trouver moyen d'être fait de la sorte
Ne soupire guère à crédit.
L'AMOUR. J'ai résolu, mon cher Zéphire,
De demeurer ainsi toujours;
Et l'on ne peut le trouver à redire
A l'aîné de tous les Amours.
Il est temps de sortir de cette longue enfance
Qui fatigue ma patience;
Il est temps désormais que je devienne grand.
ZÉPHIRE. Fort bien, vous ne pouvez mieux faire;
Et vous entrez dans un mystère
Qui ne demande rien d'enfant.
L'AMOUR. Ce changement sans doute irritera ma mère.
ZÉPHIRE. Je prévois là-dessus quelque peu de colère.
Bien que les disputes des ans
Ne doivent point régner parmi les immortelles,
Votre mère Vénus est de l'humeur des belles,
Qui n'aiment point de grands enfants.
Mais où je la trouve outragée,
C'est dans le procédé que l'on vous voit tenir;
Et c'est l'avoir étrangement vengée
Que d'aimer la beauté qu'elle vouloit punir.
Cette haine, où ses vœux prétendent que réponde
La puissance d'un fils que redoutent les dieux...
L'AMOUR. Laissons cela, Zéphire, et me dis si tes yeux
Ne trouvent pas Psyché la plus belle du monde.
Est-il rien sur la terre, est-il rien dans les cieux
Qui puisse lui ravir le titre glorieux
De beauté sans seconde?
Mais je la vois, mon cher Zéphire,
Qui demeure surprise à l'éclat de ces lieux.
ZÉPHIRE. Vous pouvez vous montrer pour finir son martyre,
Lui découvrir son destin glorieux,
Et vous dire entre vous tout ce que peuvent dire
Les soupirs, la bouche et les yeux.
En confident discret, je sais ce qu'il faut faire
Pour ne pas interrompre un amoureux mystère.

SCÈNE II.

PSYCHÉ *seule.*

Où suis-je? et dans un lieu que je croyais barbare
Quelle savante main a bâti ce palais

ACTE IV, SCÈNE IV.
LE DIEU DU FLEUVE. Ton trépas souilleroit mes ondes,
Psyché, le ciel te le défend.

Que l'art, que la nature pare
De l'assemblage le plus rare
Que l'œil puisse admirer jamais?
Tout rit, tout brille, tout éclate
Dans ces jardins, dans ces appartements,
Dont les pompeux ameublements
N'ont rien qui n'enchante et ne flatte;
Et, de quelque côté que tournent mes frayeurs,
Je ne vois sous mes pas que de l'or ou des fleurs.
Le ciel auroit-il fait cet amas de merveilles

Pour la demeure d'un serpent?
Et lorsque par leur vue il amuse et suspend
De mon destin jaloux les rigueurs sans pareilles,
Veut-il montrer qu'il s'en repent?
Non, non; c'est de sa haine, en cruautés féconde,
Le plus noir, le plus rude trait,
Qui, par une rigueur nouvelle et sans seconde,
N'étale ce choix qu'elle a fait
De ce qu'a de plus beau le monde,
Qu'afin que je le quitte avec plus de regret.
Que son espoir est ridicule,
S'il croit par là soulager mes douleurs!
Tout autant de moments que ma mort se recule
Sont autant de nouveaux malheurs;
Plus elle tarde, et plus de fois je meurs.
Ne me fais plus languir, viens prendre ta victime,
Monstre qui dois me déchirer.
Veux-tu que je te cherche? et faut-il que j'anime
Tes fureurs à me dévorer?
Si le ciel veut ma mort, si ma vie est un crime,
De ce peu qui m'en reste ose enfin t'emparer.
Je suis lasse de murmurer
Contre un châtiment légitime;
Je suis lasse de soupirer :
Viens, que j'achève d'expirer.

SCÈNE III.

L'AMOUR, PSYCHÉ, ZÉPHIRE.

L'AMOUR. Le voilà, ce serpent, ce monstre impitoyable,
Qu'un oracle étonnant pour vous a préparé,
Et qui n'est pas, peut-être, à tel point effroyable
Que vous vous l'êtes figuré.

PSYCHÉ. Vous, seigneur, vous seriez ce monstre dont l'oracle
A menacé mes tristes jours,
Vous qui semblez plutôt un dieu qui, par miracle,
Daigne venir lui-même à mon secours?

L'AMOUR. Quel besoin de secours au milieu d'un empire
Où tout ce qui respire
N'attend que vos regards pour en prendre la loi,
Où vous n'avez à craindre autre monstre que moi?

PSYCHÉ. Qu'un monstre tel que vous inspire peu de crainte!
Et que, s'il a quelque poison,
Une âme aurait peu de raison
De hasarder la moindre plainte
Contre une favorable atteinte
Dont tout le cœur craindrait la guérison!
A peine je vous vois que mes frayeurs cessées
Laissent évanouir l'image du trépas,
Et que je sens couler dans mes veines glacées
Un je ne sais quel feu que je ne connais pas.
J'ai senti de l'estime et de la complaisance,
De l'amitié, de la reconnaissance;
De la compassion les chagrins innocents
M'en ont fait sentir la puissance :
Mais je n'ai point encor senti ce que je sens.
Je ne sais ce que c'est; mais je sais qu'il me charme,
Que je n'en conçois point d'alarme.
Plus j'ai les yeux sur vous, plus je m'en sens charmer.
Tout ce que j'ai senti n'agissait point de même;
Et je dirais que je vous aime,
Seigneur, si je savais ce que c'est que d'aimer.
Ne les détournez point, ces yeux qui m'empoisonnent,
Ces yeux tendres, ces yeux perçants mais amoureux,
Qui semblent partager le trouble qu'ils me donnent.
Hélas! plus ils sont dangereux,
Plus je me plais à m'attacher sur eux.
Par quel ordre du ciel, que je ne puis comprendre,
Vous dis-je plus que je ne dois,
Moi de qui la pudeur devrait du moins attendre
Que vous m'expliquassiez le trouble où je vous vois?
Vous soupirez, seigneur, ainsi que je soupire;
Vos sens, comme les miens, paraissent interdits :
C'est à moi de m'en taire, à vous de me le dire;
Et cependant c'est moi qui vous le dis.

L'AMOUR. Vous avez eu, Psyché, l'âme toujours si dure,
Qu'il ne faut pas vous étonner
Si, pour en réparer l'injure,
L'Amour, en ce moment, se paye avec usure
De ceux qu'elle a dû lui donner.
Ce moment est venu qu'il faut que votre bouche
Exhale des soupirs si longtemps retenus;
Et qu'en vous arrachant à cette humeur farouche
Un amas de transports aussi doux qu'inconnus
Aussi sensiblement tout à la fois vous touche,
Qu'ils ont dû vous toucher durant tant de beaux jours
Dont cette âme insensible a profané le cours.

PSYCHÉ. N'aimer point, c'est donc un grand crime?

L'AMOUR. En souffrez-vous un rude châtiment?

PSYCHÉ. C'est punir assez doucement.

L'AMOUR. C'est lui choisir sa peine légitime,
Et se faire justice, en ce glorieux jour,
D'un manquement d'amour par un excès d'amour.

PSYCHÉ. Que n'ai-je été plus tôt punie!
J'y mets le bonheur de ma vie.
Je devrais en rougir, ou le dire plus bas :
Mais le supplice a trop d'appas;
Permettez que tout haut je le die et redie :
Je le dirais cent fois, et n'en rougirais pas.
Ce n'est point moi qui parle, et de votre présence
L'empire surprenant, l'aimable violence,
Dès que je veux parler, s'empare de ma voix.
C'est en vain qu'en secret ma pudeur s'en offense,
Que le sexe et la bienséance
Osent me faire d'autres lois :
Vos yeux de ma réponse eux-mêmes font le choix;
Et ma bouche, asservie à leur toute-puissance,
Ne me consulte plus sur ce que je me dois.

L'AMOUR. Croyez, belle Psyché, croyez ce qu'ils vous disent,
Ces yeux qui ne sont point jaloux :
Qu'à l'envi les vôtres m'instruisent
De tout ce qui se passe en vous.
Croyez-en ce cœur qui soupire,
Et qui, tant que le vôtre y voudra repartir,
Vous dira bien plus, d'un soupir,
Que cent regards vous peuvent dire.
C'est le langage le plus doux;
C'est le plus fort, c'est le plus sûr de tous.

PSYCHÉ. L'intelligence en était due
A nos cœurs pour les rendre également contents.
J'ai soupiré, vous m'avez entendue;
Vous soupirez, je vous entends.
Mais ne me laissez plus en doute,
Seigneur, et dites-moi si, par la même route,
Après moi le Zéphire ici vous a rendu
Pour me dire ce que j'écoute.
Quand j'y suis arrivée, étiez-vous attendu?
Et quand vous lui parlez, êtes-vous entendu?

L'AMOUR. J'ai dans ce doux climat un souverain empire,
Comme vous l'avez sur mon cœur;
L'Amour m'est favorable, et c'est en sa faveur
Qu'à mes ordres Eole a soumis le Zéphire.
C'est l'Amour qui, pour voir mes feux récompensés,
Lui-même a dicté cet oracle
Par qui vos beaux jours menacés
D'une foule d'amants se sont débarrassés,
Et qui m'a délivré de l'éternel obstacle
De tant de soupirs empressés
Qui ne méritaient pas de vous être adressés.
Ne me demandez point quelle est cette province,
Ni le nom de son prince;
Vous le saurez quand il en sera temps.
Je veux vous acquérir, mais c'est par mes services,
Par des soins assidus et par des vœux constants,
Par les amoureux sacrifices
De tout ce que je suis,
De tout ce que je puis,
Sans que l'éclat du rang pour moi vous sollicite,
Sans que de mon pouvoir je me fasse un mérite;
Et, bien que souverain dans cet heureux séjour,
Je ne vous veux, Psyché, devoir qu'à mon amour.
Venez en admirer avec moi les merveilles,
Princesse, et préparez vos yeux et vos oreilles
A ce qu'il a d'enchantements :
Vous y verrez des bois et des prairies
Contester sur leurs agréments
Avec l'or et les pierreries;
Vous n'entendrez que des concerts charmants;
De cent beautés vous y serez servie
Qui vous adoreront sans vous porter envie,
Et brigueront à tous moments,
D'une âme soumise et ravie,
L'honneur de vos commandements.

PSYCHÉ. Mes volontés suivent les vôtres,
Je n'en saurais plus avoir d'autres.
Mais votre oracle enfin vient de me séparer
De deux sœurs et du roi mon père,
Que mon trépas imaginaire

Réduit tous trois à me pleurer :
Pour dissiper l'erreur dont leur âme accablée
De mortels déplaisirs se voit pour moi comblée,
Souffrez que mes sœurs soient témoins
Et de ma gloire et de vos soins ;
Prêtez-leur, comme à moi, les ailes de Zéphire,
Qui leur puissent de votre empire,
Ainsi qu'à moi, faciliter l'accès ;
Faites-leur voir en quel lieu je respire ;
Faites-leur de ma perte admirer le succès.

L'AMOUR. Vous ne me donnez pas, Psyché, toute votre âme.
Ce tendre souvenir d'un père et de deux sœurs
Me vole une part des douceurs
Que je veux toutes pour ma flamme.
N'ayez d'yeux que pour moi qui n'en ai que pour vous ;
Ne songez qu'à m'aimer, ne songez qu'à me plaire.
Et quand de tels soucis osent vous en distraire...

PSYCHÉ. Des tendresses du sang peut-on être jaloux ?

L'AMOUR. Je le suis, ma Psyché, de toute la nature.
Les rayons du soleil vous baisent trop souvent :
Vos cheveux souffrent trop les caresses du vent ;
Dès qu'il les flatte, j'en murmure :
L'air même que vous respirez,
Avec trop de plaisir passe par votre bouche :
Votre habit de trop près vous touche ;
Et sitôt que vous soupirez
Je ne sais quoi qui m'effarouche,
Craint parmi vos soupirs des soupirs égarés.
Mais vous voulez vos sœurs. Allez, partez, Zéphire ;
Psyché le veut, je ne l'en puis dédire.
(Zéphire s'envole.)

SCÈNE IV.

L'AMOUR, PSYCHÉ.

L'AMOUR. Quand vous leur ferez voir ce bienheureux séjour,
De ses trésors faites-leur cent largesses,
Prodiguez-leur caresses sur caresses ;
Et du sang, s'il se peut, épuisez les tendresses,
Pour vous rendre toute à l'Amour.
Je n'y mêlerai point d'importune présence.
Mais ne leur faites pas de si longs entretiens ;
Vous ne sauriez pour eux avoir de complaisance
Que vous ne dérobiez aux miens.

PSYCHÉ. Votre amour me fait une grâce
Dont je n'abuserai jamais.

L'AMOUR. Allons voir cependant ces jardins, ces palais,
Où vous ne verrez rien que votre éclat n'efface.
Et vous, petits Amours, et vous, jeunes Zéphyrs,
Qui pour armes n'avez que de tendres soupirs,
Montrez tous à l'envi ce qu'à voir ma princesse
Vous avez senti d'allégresse.

TROISIÈME INTERMÈDE.

L'AMOUR, PSYCHÉ, UN ZÉPHYR *chantant*, DEUX AMOURS *chantants*, TROUPE D'AMOURS ET DE ZÉPHYRS *dansante*.

ENTRÉE DE BALLET.

Les Amours et les Zéphyrs, pour obéir à l'Amour, marquent par leurs danses la joie qu'ils ont de voir Psyché.

UN ZÉPHYR.
Aimable jeunesse,
Suivez la tendresse ;
Joignez aux beaux jours
La douceur des amours.
C'est pour vous surprendre
Qu'on vous fait entendre
Qu'il faut éviter leurs soupirs,
Et craindre leurs désirs ;
Laissez-vous apprendre
Quels sont leurs plaisirs.

LES DEUX AMOURS ENSEMBLE. Chacun est obligé d'aimer
À son tour ;
Et plus on a de quoi charmer,
Plus on doit à l'Amour.

PREMIER AMOUR.
Un cœur jeune et tendre
Est obligé de se rendre ;
Il n'a point à prendre
De fâcheux détour.

LES DEUX AMOURS ENSEMBLE. Chacun est obligé d'aimer
À son tour ;
Et plus on a de quoi charmer,
Plus on doit à l'Amour.

SECOND AMOUR.
Pourquoi se défendre ?
Que sert-il d'attendre ?
Quand on perd un jour,
On le perd sans retour.

LES DEUX AMOURS ENSEMBLE. Chacun est obligé d'aimer
À son tour ;
Et plus on a de quoi charmer,
Plus on doit à l'Amour.

DEUXIÈME ENTRÉE DE BALLET.

Les deux troupes d'Amours et de Zéphyrs recommencent leurs danses.

UN ZÉPHYR.
L'Amour a des charmes,
Rendons-lui les armes ;
Ses soins et ses pleurs
Ne sont pas sans douceurs.
Un cœur pour le suivre
A cent maux se livre.
Il faut, pour goûter ses appas,
Languir jusqu'au trépas ;
Mais ce n'est pas vivre
Que de n'aimer pas.

LES DEUX AMOURS ENSEMBLE. S'il faut des soins et des travaux
En aimant,
On est payé de mille maux
Par un heureux moment.

PREMIER AMOUR.
On craint, on espère,
Il faut du mystère ;
Mais on n'obtient guère
De bien sans tourment.

LES DEUX AMOURS ENSEMBLE. S'il faut des soins et des travaux
En aimant,
On est payé de mille maux
Par un heureux moment.

SECOND AMOUR.
Que peut-on mieux faire,
Qu'aimer et que plaire ?
C'est un soin charmant
Que l'emploi d'un amant.

LES DEUX AMOURS ENSEMBLE. S'il faut des soins et des travaux
En aimant,
On est payé de mille maux
Par un heureux moment.

ACTE QUATRIÈME.

Le théâtre représente un jardin superbe et charmant. On y voit des berceaux de verdure soutenus par des termes d'or, décorés par des vases d'orangers et par des arbres chargés de toutes sortes de fruits. Le milieu du théâtre est rempli de fleurs les plus belles et les plus rares. On découvre dans l'enfoncement plusieurs dômes de rocaille, ornés de coquillages, de fontaines et de statues ; et toute cette vue se termine par un magnifique palais.

SCÈNE I.

AGLAURE, CYDIPPE.

AGLAURE. Je n'en puis plus, ma sœur, j'ai vu trop de merveilles :
L'avenir aura peine à les bien concevoir ;
Le soleil qui voit tout, et qui nous fait tout voir,
N'en a vu jamais de pareilles.
Elles me chagrinent l'esprit ;
Et ce brillant palais, ce pompeux équipage,
Font un odieux étalage
Qui m'accable de honte autant que de dépit.
Que la fortune indignement nous traite !
Et que sa largesse indiscrète
Prodigue aveuglément, épuise, unit d'efforts,
Pour faire de tant de trésors
Le partage d'une cadette !

CYDIPPE. J'entre dans tous vos sentiments,
J'ai les mêmes chagrins; et dans ces lieux charmants
Tout ce qui vous déplaît me blesse;
Tout ce que vous prenez pour un mortel affront,
Comme vous, m'accable, et me laisse
L'amertume dans l'âme et la rougeur au front.
AGLAURE. Non, ma sœur, il n'est point de reines
Qui dans leur propre État parlent en souveraines
Comme Psyché parle en ces lieux.
On l'y voit obéie avec exactitude,
Et de ses volontés une amoureuse étude
Les cherche jusque dans ses yeux.
Mille beautés s'empressent autour d'elle,
Et semblent dire à nos regards jaloux :
Quels que soient nos attraits, elle est encor plus belle;
Et *nous*, qui la servons, le *sommes* plus *que* vous.
Elle prononce, on exécute;
Aucun ne s'en défend, aucun ne s'en rebute.
Flore, qui s'attache à ses pas,
Répand à pleines mains autour de sa personne
Ce qu'elle a de plus doux appas;
Zéphire vole aux ordres qu'elle donne;
Et son amante et lui, s'en laissant trop charmer,
Quittent pour la servir les soins de s'entr'aimer.
CYDIPPE. Elle a des dieux à son service;
Elle aura bientôt des autels;
Et nous ne commandons qu'à de chétifs mortels
De qui l'audace est le caprice,
Contre nous à toute heure en secret révoltés,
Opposent à nos volontés
Ou le murmure ou l'artifice.
AGLAURE. C'était peu que dans notre cour
Tant de cœurs à l'envi nous l'eussent préférée;
Ce n'était pas assez que de nuit et de jour
D'une foule d'amants elle y fût adorée :
Quand nous nous consolions de la voir au tombeau
Par l'ordre imprévu d'un oracle,
Elle a voulu de son destin nouveau
Faire en notre présence éclater le miracle,
Et choisir nos yeux pour témoins
De ce qu'au fond du cœur nous souhaitions le moins.
CYDIPPE. Ce qui le plus me désespère,
C'est cet amant parfait et si digne de plaire
Qui se captive sous ses lois.
Quand nous pourrions choisir entre tous les monarques,
En est-il un, de tant de rois,
Qui porte de si nobles marques?
Se voir du bien par-delà ses souhaits
N'est souvent qu'un bonheur qui fait des misérables;
Il n'est ni train pompeux ni superbes palais
Qui n'ouvrent quelque porte à des maux incurables :
Mais avoir un amant d'un mérite achevé,
Et s'en voir chèrement aimée,
C'est un bonheur si haut, si relevé,
Que sa grandeur ne peut être exprimée.
AGLAURE. N'en parlons plus, ma sœur, nous en mourrions d'ennui :
Songeons plutôt à la vengeance;
Et trouvons le moyen de rompre entre elle et lui
Cette adorable intelligence.
La voici. J'ai des coups tout prêts à lui porter
Qu'elle aura peine d'éviter.

SCÈNE II.

PSYCHÉ, AGLAURE, CYDIPPE.

PSYCHÉ. Je viens vous dire adieu; mon amant vous renvoie,
Et ne saurait plus endurer
Que vous lui retranchiez un moment de la joie
Qu'il prend de se voir seul à me considérer.
Dans un simple regard, dans la moindre parole,
Son amour trouve des douceurs
Qu'en faveur du sang je lui vole
Quand je les partage à des sœurs.
AGLAURE. La jalousie est assez fine;
Et ces délicats sentiments
Méritent bien qu'on s'imagin
Que celui qui pour vous a ces empressements
Passe le commun des amants.
Je vous en parle ainsi, faute de le connaître.
Vous ignorez son nom et ceux dont il tient l'être,
Nos esprits en sont alarmés.
Je le tiens un grand prince et d'un pouvoir suprême,
Bien au delà du diadème;
Ses trésors, sous vos pas confusément semés,
Ont de quoi faire honte à l'abondance même;
Vous l'aimez autant qu'il vous aime;
Il vous charme et vous le charmez :
Votre félicité, ma sœur, serait extrême,
Si vous saviez qui vous aimez.
PSYCHÉ. Que m'importe? j'en suis aimée.
Plus il me voit, plus je lui plais.
Il n'est point de plaisirs dont l'âme soit charmée
Qui ne préviennent mes souhaits;
Et je vois mal *de quoi la vôtre est alarmée*
Quand tout me sert dans ce palais.
AGLAURE. Qu'importe qu'ici tout vous serve,
Si toujours cet amant vous cache ce qu'il est?
Nous ne nous alarmons que pour votre intérêt.
En vain tout vous y rit, en vain tout vous y plaît,
Le véritable amour ne fait point de réserve,
Et qui s'obstine à se cacher
Sent quelque chose en soi qu'on lui peut reprocher.
Si cet amant devient volage,
Car souvent en amour le change est assez doux;
Et, j'ose le dire entre nous,
Pour grand que soit l'éclat dont brille ce visage,
Il en peut être ailleurs d'aussi belles que vous;
Si, dis-je, un autre objet sous d'autres lois l'engage;
Si, dans l'état où je vous voi,
Seule en ses mains et sans défense,
Il va jusqu'à la violence,
Sur qui vous vengera le roi,
Ou de ce changement, *ou de cette insolence?*
PSYCHÉ. Ma sœur, vous me faites trembler.
Juste ciel! pourrais-je être assez infortunée...
CYDIPPE. Que sait-on si déjà les nœuds de l'hyménée...
PSYCHÉ. N'achevez pas, ce serait m'accabler.
AGLAURE. Je n'ai plus qu'un mot à vous dire.
Ce prince qui vous aime, et qui commande aux vents,
Qui nous donne pour char les ailes de Zéphire,
Et de nouveaux plaisirs vous comble à tous moments,
Quand il rompt à vos yeux l'ordre de la nature,
Peut-être à tant d'amour mêle un peu d'imposture;
Peut-être ce palais n'est qu'un enchantement;
Et ces lambris dorés, ces amas de richesses
Dont il achète vos tendresses,
Dès qu'il sera lassé de souffrir vos caresses,
Disparaîtront en un moment.
Vous savez comme nous ce que peuvent les charmes.
PSYCHÉ. Que je sens à mon tour de cruelles alarmes!
AGLAURE. Notre amitié ne veut que votre bien.
PSYCHÉ. Adieu, mes sœurs, finissons l'entretien;
J'aime; et je crains qu'on ne s'impatiente.
Partez; et demain, si je puis,
Vous me verrez, ou plus contente,
Ou dans l'accablement des plus mortels ennuis.
AGLAURE. Nous allons dire au roi quelle nouvelle gloire,
Quel excès de bonheur le ciel répand sur vous.
CYDIPPE. Nous allons lui conter d'un changement si doux
La surprenante et merveilleuse histoire.
PSYCHÉ. Ne l'inquiétez point, ma sœur, de vos soupçons;
Et quand vous lui peindrez un si charmant empire...
AGLAURE. Nous savons toutes deux ce qu'il faut taire ou dire,
Et n'avons pas besoin sur ce point de leçons.

(*Un nuage descend, qui enveloppe les deux sœurs de Psyché, Zéphire les enlève dans les airs.*)

SCÈNE III.

L'AMOUR, PSYCHÉ.

L'AMOUR. Enfin vous êtes seule, et je puis vous redire,
Sans avoir pour témoins vos importunes sœurs,
Ce que des yeux si beaux ont pris sur moi d'empire,
Et quels excès ont les douceurs
Qu'une sincère ardeur inspire
Sitôt qu'elle assemble deux cœurs.
Je puis vous expliquer de mon âme ravie
Les amoureux empressements,
Et vous jurer qu'à vous seule asservie
Elle n'a pour objet de ses ravissements
Que de voir cette ardeur de même ardeur suivie,
Ne concevoir plus d'autre envie
Que de régler mes vœux sur vos désirs,
Et de ce qui vous plaît faire tous mes plaisirs.
Mais d'où vient qu'un triste nuage

Semble offusquer l'éclat de ces beaux yeux?
Vous manque-t-il quelque chose en ces lieux?
Des vœux qu'on vous y rend dédaignez-vous l'hommage?
PSYCHÉ. Non, seigneur.
L'AMOUR. Qu'est-ce donc? Et d'où vient mon malheur?
J'entends moins de soupirs d'amour que de douleur;
Je vois de votre teint les roses amorties
Marquer un déplaisir secret;
Vos sœurs à peine sont parties,
Que vous soupirez de regret.
Ah! Psyché, de deux cœurs quand l'ardeur est la même,
Ont-ils des soupirs différents?
Et quand on aime bien, et qu'on voit ce qu'on aime,
Peut-on songer à des parents?
PSYCHÉ. Ce n'est point là ce qui m'afflige.
L'AMOUR. Est-ce l'absence d'un rival,
Et d'un rival aimé! qui fait qu'on me néglige?
PSYCHÉ. Dans un cœur tout à vous que vous pénétrez mal!
Je vous aime, seigneur; et mon amour s'irrite
De l'indigne soupçon que vous avez formé.
Vous ne connaissez pas quel est votre mérite,
Si vous craignez de n'être pas aimé.
Je vous aime; et depuis que j'ai vu la lumière,
Je me suis montrée assez fière
Pour dédaigner les vœux de plus d'un roi;
Et s'il vous faut ouvrir mon âme tout entière,
Je n'ai trouvé que vous qui fût digne de moi.
Cependant j'ai quelque tristesse
Qu'en vain je voudrais vous cacher;
Un noir chagrin se mêle à toute ma tendresse,
Dont je ne la puis détacher.
Ne m'en demandez point la cause :
Peut-être, la sachant, voudrez-vous m'en punir;
Et si j'ose aspirer encore à quelque chose,
Je suis sûre du moins de ne point l'obtenir.
L'AMOUR. Et ne craignez-vous point qu'à mon tour je m'irrite
Que vous connaissiez mal quel est votre mérite,
Ou feigniez de ne pas savoir
Quel est sur moi votre absolu pouvoir?
Ah! si vous en doutez, soyez désabusée.
Parlez.
PSYCHÉ. J'aurai l'affront de me voir refusée.
L'AMOUR. Prenez en ma faveur de meilleurs sentiments,
L'expérience en est aisée;
Parlez, tout se tient prêt à vos commandements.
Si pour m'en croire il vous faut des serments,
J'en jure vos beaux yeux, ces maîtres de mon âme,
Ces divins auteurs de ma flamme;
Et si ce n'est assez d'en jurer vos beaux yeux,
J'en jure par le Styx, comme jurent les dieux.
PSYCHÉ. J'ose craindre un peu moins après cette assurance.
Seigneur, je vois ici la pompe et l'abondance,
Je vous adore et vous m'aimez,
Mon cœur en est ravi, mes sens en sont charmés;
Mais, parmi ce bonheur suprême,
J'ai le malheur de ne savoir qui j'aime.
Dissipez cet aveuglement,
Et faites-moi connaître un si parfait amant.
L'AMOUR. Psyché, que venez-vous de dire?
PSYCHÉ. Que c'est le bonheur où j'aspire;
Et si vous ne me l'accordez...
L'AMOUR. Je l'ai juré, je n'en suis plus le maître;
Mais vous ne savez pas ce que vous demandez.
Laissez-moi mon secret. Si je me fais connaître,
Je vous perds et vous me perdez.
Le seul remède est de vous en dédire.
PSYCHÉ. C'est là sur vous mon souverain empire?
L'AMOUR. Vous pouvez tout, et je suis tout à vous.
Mais si nos feux vous semblent doux,
Ne mettez point d'obstacle à leur charmante suite;
Ne me forcez point à la fuite :
C'est le moindre malheur qui nous puisse arriver
D'un souhait qui vous a séduite.
PSYCHÉ. Seigneur, vous voulez m'éprouver;
Mais je sais ce que j'en dois croire.
De grâce, apprenez-moi tout l'excès de ma gloire,
Et ne me cachez plus pour quel illustre choix
J'ai rejeté les vœux de tant de rois.
L'AMOUR. Le voulez-vous?
PSYCHÉ. Souffrez que je vous en conjure.
L'AMOUR. Si vous saviez, Psyché, la cruelle aventure
Que par là vous vous attirez...
PSYCHÉ. Seigneur, vous me désespérez.
L'AMOUR. Pensez-y bien, je puis encor me taire.
PSYCHÉ. Faites-vous des serments pour n'y point satisfaire?
L'AMOUR. Hé bien! je suis le dieu le plus puissant des dieux,
Absolu sur la terre, absolu dans les cieux;
Dans les eaux, dans les airs, mon pouvoir est suprême;
En un mot, je suis l'Amour même
Qui de mes propres traits m'étais blessé pour vous;
Et sans la violence, hélas! que vous me faites,
Et qui vient de changer mon amour en courroux,
Vous m'alliez avoir pour époux.
Vos volontés sont satisfaites,
Vous avez su qui vous aimiez;
Vous connaissez l'amant que vous charmiez,
Psyché, voyez où vous en êtes :
Vous me forcez vous-même à vous quitter;
Vous me forcez vous-même à vous ôter
Tout l'effet de votre victoire.
Peut-être vos beaux yeux ne me reverront plus.
Ce palais, ces jardins, avec moi disparus,
Vont faire évanouir votre naissante gloire.
Vous n'avez pas voulu m'en croire;
Et, pour tout fruit de ce doute éclairci,
Le Destin, sous qui le ciel tremble,
Plus fort que mon amour, que tous les dieux ensemble,
Vous va montrer sa haine, et me chasse d'ici.

(*L'Amour s'envole et le jardin s'évanouit.*)

SCÈNE IV.

Le théâtre représente un désert et les bords sauvages d'un fleuve.

PSYCHÉ, LE DIEU DU FLEUVE *assis sur un amas de roseaux et appuyé sur une urne.*

PSYCHÉ. Cruel destin! funeste inquiétude!
Fatale curiosité!
Qu'avez-vous fait; affreuse solitude,
De toute ma félicité?
J'aimais un dieu, j'en étais adorée,
Mon bonheur redoublait de moment en moment;
Et je me vois, seule, éplorée,
Au milieu d'un désert, où, pour accablement,
Et confuse et désespérée,
Je sens croître l'amour quand j'ai perdu l'amant.
Le souvenir m'en charme et m'empoisonne;
Sa douceur tyrannise un cœur infortuné
Qu'aux plus cuisants chagrins ma flamme a condamné.
O ciel! quand l'Amour m'abandonne,
Pourquoi me laisse-t-il l'amour qu'il m'a donné?
Source de tous les biens inépuisable et pure,
Maître des hommes et des dieux,
Cher auteur des maux que j'endure,
Etes-vous pour jamais disparu de mes yeux?
Je vous en ai banni moi-même.
Dans un excès d'amour, dans un bonheur extrême,
D'un indigne soupçon mon cœur s'est alarmé.
Cœur ingrat, tu n'avais qu'un feu mal allumé;
Et l'on ne peut vouloir, du moment que l'on aime,
Que ce que veut l'objet aimé.
Mourons, c'est le parti qui seul me reste à suivre
Après la perte que je fais.
Pour qui, grands dieux! voudrais-je vivre?
Et pour qui former des souhaits?
Fleuve, de qui les eaux baignent ces tristes sables,
Ensevelis mon crime dans tes flots;
Et, pour finir des maux si déplorables,
Laisse-moi dans ton lit assurer mon repos.
LE DIEU DU FLEUVE. Ton trépas souillerait mes ondes,
Psyché, le ciel te le défend.
Et peut-être qu'après des douleurs si profondes
Un autre sort t'attend.
Fuis plutôt de Vénus l'implacable colère;
Je la vois qui te cherche et qui te veut punir :
L'amour du fils a fait la haine de la mère.
Fuis, je saurai la retenir.
PSYCHÉ. J'attends ses fureurs vengeresses;
Qu'auront-elles pour moi qui ne me soit trop doux?
Qui cherche le trépas ne craint dieux ni déesses,
Et peut braver tout leur courroux.

SCÈNE V.

VÉNUS, PSYCHÉ, LE DIEU DU FLEUVE.

VÉNUS. Orgueilleuse Psyché, vous m'osez donc attendre
Après m'avoir sur terre enlevé mes honneurs,

Après que vos traits suborneurs
Ont reçu les encens qu'aux miens seuls on doit rendre?
J'ai vu mes temples désertés;
J'ai vu tous les mortels, séduits par vos beautés,
Idolâtrer en vous la beauté souveraine,
Vous offrir des respects jusqu'alors inconnus,
Et ne se mettre pas en peine
S'il était une autre Vénus :
Et je vous vois encor l'audace
De n'en pas redouter les justes châtiments,
Et de me regarder en face,
Comme si c'était peu que mes ressentiments !

PSYCHÉ. Si de quelques mortels on m'a vue adorée,
Est-ce un crime pour moi d'avoir eu des appas
Dont leur âme inconsidérée
Laissait charmer des yeux qui ne vous voyaient pas?
Je suis ce que le ciel m'a faite,
Je n'ai que les beautés qu'il m'a voulu prêter;
Si les vœux qu'on m'offrait vous ont mal-satisfaite,
Pour forcer tous les cœurs à vous les reporter
Vous n'aviez qu'à vous présenter,
Qu'à ne leur cacher plus cette beauté parfaite
Qui, pour les rendre à leur devoir,
Pour se faire adorer, n'a qu'à se faire voir.

VÉNUS. Il fallait vous en mieux défendre.
Ces respects, ces encens, se devaient refuser :
Et, pour les mieux désabuser,
Il fallait à leurs yeux vous-même me les rendre.
Vous avez aimé cette erreur
Pour qui vous ne deviez avoir que de l'horreur :
Vous avez bien fait plus; votre humeur arrogante
Sur le mépris de mille rois
Jusques aux cieux a porté de son choix
L'ambition extravagante.

PSYCHÉ. J'aurais porté mon choix, déesse, jusqu'aux cieux?

VÉNUS. Votre innocence est sans seconde.
Dédaigner tous les rois du monde,
N'est-ce pas aspirer aux dieux?

PSYCHÉ. Si l'Amour pour eux tous m'avait endurci l'âme,
Et me réservait toute à lui,
En puis-je être coupable? et faut-il qu'aujourd'hui,
Pour prix d'une si belle flamme,
Vous vouliez m'accabler d'un éternel ennui?

VÉNUS. Psyché, vous deviez mieux connaître
Qui vous étiez et quel était ce dieu.

PSYCHÉ. Et m'en a-t-il donné ni le temps ni le lieu,
Lui qui de tout mon cœur d'abord s'est rendu maître?

VÉNUS. Tout votre cœur s'en est laissé charmer,
Et vous l'avez aimé dès qu'il vous a dit : J'aime.

PSYCHÉ. Pouvais-je n'aimer pas le dieu qui fait aimer,
Et qui me parlait pour lui-même?
C'est votre fils; vous savez son pouvoir;
Vous en connaissez le mérite.

VÉNUS. Oui, c'est mon fils, mais un fils qui m'irrite,
Un fils qui me rend mal ce qu'il sait me devoir,
Un fils qui fait qu'on m'abandonne,
Et qui, pour mieux flatter ses indignes amours,
Depuis que vous l'aimez ne blesse plus personne
Qui vienne à mes autels implorer mon secours.
Vous m'en avez fait un rebelle.
On m'en verra vengée, et hautement, sur vous;
Et je vous apprendrai s'il faut qu'une mortelle
Souffre qu'un dieu soupire à ses genoux.
Suivez-moi; vous verrez, par votre expérience,
A quelle folle confiance
Vous portait cette ambition.
Venez, et préparez autant de patience
Qu'on vous voit de présomption.

QUATRIÈME INTERMÈDE.

La scène représente les enfers. On y voit une mer toute de feu, dont les flots sont dans une perpétuelle agitation. Cette mer effroyable est bornée par des ruines enflammées; et au milieu de ses flots agités, au travers d'une gueule affreuse, paraît le palais infernal de Pluton.

PREMIÈRE ENTRÉE DE BALLET.

Des Furies se réjouissent d'avoir allumé la rage dans l'âme de la plus douce des divinités.

DEUXIÈME ENTRÉE DE BALLET.

Des Lutins, faisant des sauts périlleux, se mêlent avec les Furies, et essaient d'épouvanter Psyché; mais les charmes de sa beauté obligent les Furies et les Lutins à se retirer.

ACTE CINQUIÈME.

Psyché passe dans une barque, et paraît avec la boîte qu'elle a été demander à Proserpine de la part de Vénus.

SCÈNE I.

PSYCHÉ.

Effroyables replis des ondes infernales,
Noirs palais où Mégère et ses sœurs font leur cour,
Éternels ennemis du jour,
Parmi vos Ixions et parmi vos Tantales,
Parmi tant de tourments qui n'ont point d'intervalles,
Est-il dans votre affreux séjour
Quelques peines qui soient égales
Aux travaux où Vénus condamne mon amour?
Elle n'en peut être assouvie;
Et depuis qu'à ses lois je me trouve asservie,
Depuis qu'elle me livre à ses ressentiments,
Il m'a fallu dans ces cruels moments
Plus d'une âme et plus d'une vie
Pour remplir ses commandements.
Je souffrirais tout avec joie,
Si parmi les rigueurs que sa haine déploie,
Mes yeux pouvaient revoir, ne fût-ce qu'un moment,
Ce cher, cet adorable amant.
Je n'ose le nommer : ma bouche, criminelle
D'avoir trop exigé de lui,
S'en est rendue indigne; et, dans ce dur ennui,
La souffrance la plus mortelle
Dont m'accable à toute heure un renaissant trépas
Est celle de ne le voir pas.
Si son courroux durait encore,
Jamais aucun malheur n'approcherait du mien;
Mais s'il avait pitié d'une âme qui l'adore,
Quoi qu'il fallût souffrir, je ne souffrirais rien.
Oui, destins, s'il calmait cette juste colère,
Tous mes malheurs seraient finis :
Pour me rendre insensible aux fureurs de la mère
Il ne faut qu'un regard du fils.
Je n'en veux plus douter, il partage ma peine;
Il voit ce que je souffre, et souffre comme moi;
Tout ce que j'endure le gêne,
Lui-même il s'en impose une amoureuse loi.
En dépit de Vénus, en dépit de mon crime,
C'est lui qui me soutient, c'est lui qui me ranime
Au milieu des périls où l'on me fait courir;
Il garde la tendresse où son feu les convie,
Et prend soin de me rendre une nouvelle vie
Chaque fois qu'il me faut mourir.
Mais que me veulent ces deux ombres
Qu'à travers le faux jour de ces demeures sombres
J'entrevois s'avancer vers moi?

SCÈNE II.

PSYCHÉ, CLÉOMÈNE, AGÉNOR.

PSYCHÉ. Cléomène, Agénor, est-ce vous que je voi,
Qui vous a ravi la lumière?

CLÉOMÈNE. La plus juste douleur qui d'un beau désespoir
Nous eût pu fournir la matière;
Cette pompe funèbre où du sort le plus noir
Vous attendiez la rigueur la plus fière,
L'injustice la plus entière.

AGÉNOR. Sur ce même rocher où le ciel en courroux
Vous promettait au lieu d'époux
Un serpent dont soudain vous seriez dévorée,
Nous tenions la main préparée
A repousser sa rage ou mourir avec vous.
Vous le savez, princesse; et lorsqu'à notre vue

Par le milieu des airs vous êtes disparue,
Du haut de ce rocher, pour suivre vos beautés,
Ou plutôt pour goûter cette amoureuse joie
D'offrir pour vous au monstre une première proie,
D'amour et de douleur l'un et l'autre emportés,
Nous nous sommes précipités.

CLÉOMÈNE. Heureusement déçus au sens de votre oracle,
Nous en avons ici reconnu le miracle,
Et su que le serpent prêt à vous dévorer
Était le dieu qui fait qu'on aime,
Et qui, tout dieu qu'il est, vous adorant lui-même,
Ne pouvait endurer
Qu'un mortel comme nous osât vous adorer.

AGÉNOR. Pour prix de vous avoir suivie
Nous jouissons ici d'un trépas assez doux.
Qu'avions-nous affaire de vie,
Si nous ne pouvions être à vous?
Nous revoyons ici vos charmes,
Qu'aucun des deux là-haut n'aurait revus jamais.
Heureux si nous voyons la moindre de vos larmes
Honorer des malheurs que vous nous avez faits!

PSYCHÉ. Puis-je avoir des larmes de reste,
Après qu'on a porté les miens au dernier point?
Unissons nos soupirs dans un sort si funeste;
Les soupirs ne s'épuisent point.
Mais vous soupireriez, princes, pour une ingrate.
Vous n'avez point voulu survivre à mes malheurs
Et, quelque douleur qui m'abatte,
Ce n'est point pour vous que je meurs.

CLÉOMÈNE. L'avons-nous mérité, nous dont toute la flamme
N'a fait que vous lasser du récit de nos maux?

PSYCHÉ. Vous pouviez mériter, princes, toute mon âme,
Si vous n'eussiez été rivaux.
Ces qualités incomparables
Qui de l'un et de l'autre accompagnaient les vœux
Vous rendaient tous deux trop aimables
Pour mépriser aucun des deux.

AGÉNOR. Vous avez pu, sans être injuste ni cruelle,
Nous refuser un cœur réservé pour un dieu.
Mais revoyez Vénus. Le destin nous rappelle,
Et nous force à vous dire adieu.

PSYCHÉ. Ne vous donne-t-il point le loisir de me dire
Quel est ici votre séjour?

CLÉOMÈNE. Dans des bois toujours verts, où d'amour on respire,
Aussitôt qu'on est mort d'amour:
D'amour on y revit, d'amour on y soupire,
Sous les plus douces lois de son heureux empire;
Et l'éternelle nuit n'ose en chasser le jour
Que lui-même il attire
Sur nos fantômes qu'il inspire,
Et dont aux enfers même il se fait une cour.

AGÉNOR. Vos envieuses sœurs, après nous descendues
Pour vous perdre se sont perdues;
Et l'une et l'autre tour à tour,
Pour le prix d'un conseil qui leur coûte la vie,
A côté d'Ixion, à côté de Titye,
Souffrent tantôt la roue et tantôt le vautour.
L'Amour, par les Zéphyrs, s'est fait prompte justice
De leur envenimée et jalouse malice:
Ces ministres ailés de son juste courroux,
Sous couleur de les rendre encore auprès de vous,
Ont plongé l'une et l'autre au fond d'un précipice:
Où le spectacle affreux de leurs corps déchirés
N'étale que le moindre et le premier supplice
De ces conseils dont l'artifice
Fait les maux dont vous soupirez.

PSYCHÉ. Que je les plains!

CLÉOMÈNE. Vous êtes seule à plaindre.
Mais nous demeurons trop à vous entretenir;
Adieu. Puissions-nous vivre en votre souvenir!
Puissiez-vous, et bientôt, n'avoir plus rien à craindre!
Puisse, et bientôt, l'Amour vous enlever aux cieux,
Vous y mettre à côté des dieux,
Et, rallumant un feu qui ne se puisse éteindre,
Affranchir à jamais l'éclat de vos beaux yeux
D'augmenter le jour en ces lieux!

SCÈNE III.

PSYCHÉ *seule.*

Pauvres amants! Leur amour dure encore!
Tout morts qu'ils sont, l'un et l'autre m'adore,
Moi, dont la dureté reçut si mal leurs vœux!
Tu n'en fais pas ainsi, toi qui seul m'as ravie,
Amant que j'aime encor cent fois plus que ma vie,
Et qui brises de si beaux nœuds!
Ne me fuis plus, et souffre que j'espère
Que tu pourras un jour rabaisser l'œil sur moi,
Qu'à force de souffrir j'aurai de quoi te plaire,
De quoi me rengager ta foi.
Mais ce que j'ai souffert m'a trop défigurée,
Pour rappeler un tel espoir;
L'œil abattu, triste, désespérée,
Languissante et décolorée,
De quoi puis-je me prévaloir,
Si par quelque miracle, impossible à prévoir,
Ma beauté qui t'a plu ne se voit réparée?
Je porte ici de quoi la réparer.
Ce trésor de beauté divine,
Qu'en mes mains pour Vénus a remis Proserpine
Enferme des appas dont je puis m'emparer;
Et l'éclat en doit être extrême,
Puisque Vénus, la beauté même,
Les demande pour se parer.
En dérober un peu serait-ce un si grand crime?
Pour plaire aux yeux d'un dieu qui s'est fait mon amant,
Pour regagner son cœur et finir mon tourment,
Tout n'est-il pas trop légitime?
Ouvrons. Quelles vapeurs m'offusquent le cerveau!
Et que vois-je sortir de cette boîte ouverte?
Amour, si ta pitié ne s'oppose à ma perte,
Pour ne revivre plus je descends au tombeau.

(Psyché s'évanouit.)

SCÈNE IV.

L'AMOUR, PSYCHÉ *évanouie.*

L'AMOUR. Votre péril, Psyché, dissipe ma colère,
Ou plutôt de mes feux l'ardeur n'a point cessé;
Et bien qu'au dernier point vous m'ayez su déplaire,
Je ne me suis intéressé
Que contre celle de ma mère.
J'ai vu tous vos travaux, j'ai suivi vos malheurs,
Mes soupirs ont partout accompagné vos pleurs.
Tournez les yeux vers moi, je suis encor le même.
Quoi! je dis et redis tout haut que je vous aime,
Et vous ne dites point, Psyché, que vous m'aimez!
Est-ce que pour jamais vos beaux yeux sont fermés,
Qu'à jamais la clarté leur vient d'être ravie?
O mort! devais-tu prendre un dard si criminel,
Et, sans aucun respect pour mon être éternel,
Attenter à ma propre vie?
Combien de fois, ingrate déité,
Ai-je grossi ton noir empire
Par les mépris et par la cruauté
D'une orgueilleuse ou farouche beauté!
Combien même, s'il le faut dire,
T'ai-je immolé de fidèles amants
A force de ravissements!
Va, je ne blesserai plus d'âmes,
Je ne percerai plus de cœurs
Qu'avec des dards trempés aux divines liqueurs
Qui nourrissent du ciel les immortelles flammes,
Et n'en lancerai plus que pour faire à tes yeux
Autant d'amants, autant de dieux.
Et vous, impitoyable mère,
Qui la forcez à m'arracher
Tout ce que j'avais de plus cher,
Craignez, à votre tour, l'effet de ma colère.
Vous me voulez faire la loi,
Vous, qu'on voit si souvent la recevoir de moi!
Vous qui portez un cœur sensible comme un autre,
Vous enviez au mien les délices du vôtre!
Mais dans ce même cœur j'enfoncerai des coups
Qui ne seront suivis que de chagrins jaloux;
Je vous accablerai de honteuses surprises,
Et choisirai partout, à vos vœux les plus doux,
Des Adonis et des Anchises
Qui n'auront que haine pour vous.

SCÈNE V.

VÉNUS, L'AMOUR, PSYCHÉ *évanouie.*

VÉNUS. La menace est respectueuse;
Et d'un enfant qui fait le révolté
La colère présomptueuse...

L'AMOUR. Je ne suis plus enfant, et je l'ai trop été;
Et ma colère est juste autant qu'impétueuse.
VÉNUS. L'impétuosité s'en devrait retenir,
Et vous pourriez vous souvenir
Que vous me devez la naissance.
L'AMOUR. Et vous pourriez n'oublier pas
Que vous avez un cœur et des appas
Qui relèvent de ma puissance;
Que mon arc de la vôtre est l'unique soutien;
Que sans mes traits elle n'est rien;
Et que si les cœurs les plus braves
En triomphe par vous se sont laissé traîner,
Vous n'avez jamais fait d'esclaves
Que ceux qu'il m'a plu d'enchaîner.
Ne me vantez donc plus ces droits de la naissance
Qui tyrannisent mes désirs;
Et, si vous ne voulez perdre mille soupirs,
Songez en me voyant à la reconnaissance,
Vous qui tenez de ma puissance
Et votre gloire et vos plaisirs.
VÉNUS. Comment l'avez-vous défendue,
Cette gloire dont vous parlez?
Comment me l'avez-vous rendue?
Et quand vous avez vu mes autels désolés,
Mes temples violés,
Mes honneurs ravalés,
Si vous avez pris part à tant d'ignominie,
Comment en a-t-on vu punie
Psyché qui me les a volés?
Je vous ai commandé de la rendre charmée
Du plus vil de tous les mortels,
Qui ne daignât répondre à son âme enflammée
Que par des rebuts éternels,
Par les mépris les plus cruels:
Et vous-même l'avez aimée!
Vous avez contre moi séduit des immortels:
C'est pour vous qu'à mes yeux les Zéphyrs l'ont cachée;
Qu'Apollon même suborné
Par un oracle adroitement tourné
Me l'avait si bien arrachée,
Que si sa curiosité,
Par une aveugle défiance,
Ne l'eût rendue à ma vengeance,
Elle échappait à mon cœur irrité.
Voyez l'état où votre amour l'a mise,
Votre Psyché; son âme va partir:
Voyez; et si la vôtre en est encore éprise,
Recevez son dernier soupir.
Menacez, bravez-moi, cependant qu'elle expire,
Tant d'insolence vous sied bien!
Et je dois endurer quoi qu'il vous plaise dire,
Moi qui sans vos traits ne puis rien!
L'AMOUR. Vous ne pouvez que trop, déesse impitoyable;
Le Destin l'abandonne à tout votre courroux.
Mais soyez moins inexorable
Aux prières, aux pleurs d'un fils à vos genoux.
Ce doit vous être un spectacle assez doux
De voir d'un œil Psyché mourante
Et de l'autre ce fils, d'une voix suppliante,
Ne vouloir plus tenir son bonheur que de vous.
Rendez-moi ma Psyché, rendez-lui tous ses charmes:
Rendez-la, déesse, à mes larmes;
Rendez à mon amour, rendez à ma douleur,
Le charme de mes yeux et le choix de mon cœur.
VÉNUS. Quelque amour que Psyché vous donne,
De ses malheurs par moi n'attendez pas la fin;
Si le Destin me l'abandonne,
Je l'abandonne à son destin.
Ne m'importunez plus; et dans cette infortune
Laissez-la sans Vénus triompher ou périr.
L'AMOUR. Hélas! si je vous importune,
Je ne le ferais pas si je pouvais mourir.
VÉNUS. Cette douleur n'est pas commune
Qui force un immortel à souhaiter la mort.
L'AMOUR. Voyez par son excès si mon amour est fort.
Ne lui ferez-vous grâce aucune?
VÉNUS. Je vous l'avoue, il me touche le cœur,
Votre amour, il désarme, il fléchit ma rigueur.
Votre Psyché reverra la lumière.
L'AMOUR. Que je vous vais partout faire donner d'encens!
VÉNUS. Oui, vous la reverrez dans sa beauté première:
Mais de vos vœux reconnaissants
Je veux la déférence entière;
Je veux qu'un vrai respect laisse à mon amitié
Vous choisir une autre moitié.
L'AMOUR. Et moi je ne veux plus de grâce,
Je reprends toute mon audace,
Je veux Psyché, je veux sa foi;
Je veux qu'elle revive et revive pour moi,
Et tiens indifférent que votre haine lasse
En faveur d'une autre se passe.
Jupiter, qui paraît, va juger entre nous
De mes emportements et de votre courroux.

Après quelques éclairs et des roulements de tonnerre, Jupiter paraît en l'air sur son aigle et descend sur terre.

SCÈNE VI.

JUPITER, VÉNUS, L'AMOUR, PSYCHÉ *évanouie.*

L'AMOUR. Vous à qui seul tout est possible,
Père des dieux, souverain des mortels,
Fléchissez la rigueur d'une mère inflexible,
Qui sans moi n'aurait point d'autels.
J'ai pleuré, j'ai prié, je soupire, menace,
Et perds menaces et soupirs.
Elle ne veut pas voir que de mes déplaisirs
Dépend du monde entier l'heureuse ou triste face,
Et que si Psyché perd le jour,
Si Psyché n'est à moi, je ne suis plus l'Amour.
Oui, je romprai mon arc, je briserai mes flèches,
J'éteindrai jusqu'à mon flambeau,
Je laisserai languir la nature au tombeau,
Ou, si je daigne aux cœurs faire encor quelques brèches
Avec ces pointes d'or qui me font obéir,
Je vous blesserai tous là-haut pour des mortelles,
Et ne décocherai sur elles
Que des traits émoussés qui forcent à haïr,
Et qui ne font que des rebelles,
Des ingrates et des cruelles.
Par quelle tyrannique loi
Tiendrai-je à vous servir mes armes toujours prêtes,
Et vous ferai-je à tous conquêtes sur conquêtes,
Si vous me défendez d'en faire une pour moi?
JUPITER *à Vénus.* Ma fille, sois-lui moins sévère.
Tu tiens de sa Psyché le destin en tes mains;
La Parque, au moindre mot, va suivre ta colère;
Parle, et laisse-toi vaincre aux tendresses de mère,
Ou redoute un courroux que moi-même je crains.
Veux-tu donner le monde en proie
A la haine, au désordre, à la confusion;
Et d'un dieu d'union,
D'un dieu de douceur et de joie,
Faire un dieu d'amertume et de division?
Considère ce que nous sommes,
Et si les passions doivent nous dominer:
Plus la vengeance a de quoi plaire aux hommes,
Plus il sied bien aux dieux de pardonner.
VÉNUS. Je pardonne à ce fils rebelle.
Mais voulez-vous qu'il me soit reproché
Qu'une misérable mortelle,
L'objet de mon courroux, l'orgueilleuse Psyché,
Sous ombre qu'elle est un peu belle,
Par un hymen dont je rougis
Souille mon alliance et le lit de mon fils?
JUPITER. Hé bien! je la fais immortelle,
Afin d'y rendre tout égal.
VÉNUS. Je n'ai plus de mépris ni de haine pour elle,
Et l'admets à l'honneur de ce nœud conjugal.
Psyché, reprenez la lumière
Pour ne la reperdre jamais.
Jupiter a fait votre paix,
Et je quitte cette humeur fière
Qui s'opposait à vos souhaits.
PSYCHÉ *sortant de son évanouissement.*
C'est donc vous, ô grande déesse,
Qui redonnez la vie à ce cœur innocent!
VÉNUS. Jupiter vous fait grâce, et ma colère cesse.
Vivez, Vénus l'ordonne; aimez, elle y consent.
PSYCHÉ *à l'Amour.*
Je vous revois enfin, cher objet de ma flamme!
L'AMOUR *à Psyché.*
Je vous possède enfin, délices de mon âme!
JUPITER. Venez, amants, venez aux cieux
Achever un si grand et si digne hyménée.
Viens-y, belle Psyché, changer de destinée;
Viens prendre place au rang des dieux.

CINQUIÈME INTERMÈDE.

Le théâtre représente le ciel. Le palais de Jupiter descend et laisse voir dans l'éloignement, par trois suites de perspectives, les autres palais des dieux du ciel les plus puissants. Un nuage sort du théâtre, sur lequel l'Amour et Psyché se placent, et sont enlevés par un second nuage, qui vient en descendant se joindre au premier; Jupiter et Vénus se croisent en l'air dans leurs machines, et se rangent près de l'Amour et de Psyché.

Les divinités qui avaient été partagées entre Vénus et son fils se réunissent en les voyant d'accord; et toutes ensemble, par des concerts, des chants et des danses, célèbrent la fête des noces de l'Amour et de Psyché.

JUPITER, VÉNUS, L'AMOUR, PSYCHÉ, CHOEUR DES DIVINITÉS CÉLESTES, APOLLON, LES MUSES, LES ARTS *travestis en bergers.*

BACCHUS, SILÈNE, SATYRES, ÉGIPANS, MÉNADES.

MOME, POLICHINELLES, MATASSINS, MARS, TROUPES DE GUERRIERS.

APOLLON. Unissons-nous, troupe immortelle;
Le dieu d'amour devient heureux amant,
Et Vénus a repris sa douceur naturelle
En faveur d'un fils si charmant;
Il va goûter en paix, après un long tourment,
Une félicité qui doit être éternelle.

CHOEUR DES DIVINITÉS CÉLESTES. Célébrons ce grand jour;
Célébrons tous une fête si belle;
Que nos chants en tous lieux en portent la nouvelle,
Qu'ils fassent retentir le céleste séjour.
Chantons, répétons tour à tour
Qu'il n'est point d'âme si cruelle
Qui tôt ou tard ne se rende à l'amour.

BACCHUS. Si quelquefois,
Suivant nos douces lois,
La raison se perd et s'oublie,
Ce que le vin nous cause de folie
Commence et finit en un jour;
Mais quand un cœur est enivré d'amour,
Souvent c'est pour toute la vie.

MOME. Je cherche à médire
Sur la terre et dans les cieux;
Je soumets à ma satire
Les plus grands des dieux.
Il n'est dans l'univers que l'Amour qui m'étonne;
Il est le seul que j'épargne aujourd'hui;
Il n'appartient qu'à lui
De n'épargner personne.

MARS. Mes plus fiers ennemis, vaincus ou pleins d'effroi,
Ont vu toujours ma valeur triomphante;
L'Amour est le seul qui se vante
D'avoir pu triompher de moi.

CHOEUR DES DIVINITÉS CÉLESTES.
Chantons les plaisirs charmants
Des heureux amants;
Que tout le ciel s'empresse
A leur faire sa cour.
Célébrons ce beau jour
Par mille doux chants d'allégresse,
Célébrons ce beau jour
Par mille doux chants pleins d'amour.

PREMIÈRE ENTRÉE DE BALLET.

SUITE D'APOLLON.

Danse des Arts travestis en bergers.

Le dieu qui nous engage
A lui faire la cour
Défend qu'on soit trop sage.
Les plaisirs ont leur tour:
C'est leur plus doux usage
Que de finir les soins du jour;
La nuit est le partage
Des jeux et de l'amour.
Ce serait grand dommage
Qu'en ce charmant séjour
On eût un cœur sauvage.
Les plaisirs ont leur tour:
C'est leur plus doux usage
Que de finir les soins du jour;
La nuit est le partage
Des jeux et de l'amour.

DEUX MUSES. Gardez-vous, beautés sévères!
Les amours font trop d'affaires;
Craignez toujours de vous laisser charmer.
Quand il faut que l'on soupire,
Tout le mal n'est pas de s'enflammer;
Le martyre
De le dire
Coûte plus cent fois que d'aimer.
On ne peut aimer sans peines,
Il est peu de douces chaînes,
A tout moment on se sent alarmer.
Quand il faut que l'on soupire,
Tout le mal n'est pas de s'enflammer;
Le martyre
De le dire
Coûte plus cent fois que d'aimer.

DEUXIÈME ENTRÉE DE BALLET.

SUITE DE BACCHUS.

Danse des Ménades et des Égipans.

BACCHUS. Admirons le jus de la treille:
Qu'il est puissant! qu'il a d'attraits!
Il sert aux douceurs de la paix,
Et dans la guerre il fait merveille;
Mais surtout pour les amours,
Le vin est d'un grand secours.

SILÈNE *monté sur un âne.*
Bacchus veut qu'on boive à longs traits.
On ne se plaint jamais
Sous son heureux empire:
Tout le jour on n'y fait que rire,
Et la nuit on y dort en paix.
Ce dieu rend nos vœux satisfaits:
Que sa cour a d'attraits!
Chantons-y bien sa gloire.
Tout le jour on n'y fait que boire,
Et la nuit on y dort en paix.

SILÈNE ET DEUX SATYRES *ensemble.*
Voulez-vous des douceurs parfaites,
Ne les cherchez qu'au fond des pots.

PREMIER SATYRE. Les grandeurs sont sujettes
A mille peines secrètes.

SECOND SATYRE. L'amour fait perdre le repos.

TOUS TROIS ENSEMBLE. Voulez-vous des douceurs parfaites,
Ne les cherchez qu'au fond des pots.

PREMIER SATYRE. C'est là que sont les ris, les jeux, les chansonnettes.

SECOND SATYRE. C'est dans le vin qu'on trouve les bons mots.

TOUS TROIS ENSEMBLE. Voulez-vous des douceurs parfaites,
Ne les cherchez qu'au fond des pots.

TROISIÈME ENTRÉE DE BALLET.

Deux autres Satyres enlèvent Silène de dessus son âne, qui leur sert à voltiger et à former des jeux agréables et surprenants.

QUATRIÈME ENTRÉE DE BALLET.

SUITE DE MOME.

Danse de polichinelles et de matassins.

MOME. Folâtrons, divertissons-nous,
Raillons, nous ne saurions mieux faire;
La raillerie est nécessaire
Dans les jeux les plus doux.
Sans la douceur que l'on goûte à médire,
On trouve peu de plaisirs sans ennui;
Rien n'est si plaisant que de rire,
Quand on rit aux dépens d'autrui.
Plaisantons, ne pardonnons rien,
Rions, rien n'est plus à la mode;
On court péril d'être incommode
En disant trop de bien.
Sans la douceur que l'on goûte à médire,
On trouve peu de plaisirs sans ennui;

Rien n'est si plaisant que de rire,
Quand on rit aux dépens d'autrui.

CINQUIÈME ENTRÉE DE BALLET.

SUITE DE MARS.

MARS.
Laissons en paix toute la terre,
Cherchons les doux amusements;
Parmi les jeux les plus charmants
Mêlons l'image de la guerre.

Quatre guerriers portant des masses et des boucliers, quatre autres armés de piques, et quatre autres avec des drapeaux, font en dansant une manière d'exercice.

SIXIÈME ET DERNIÈRE ENTRÉE DE BALLET.

Les quatre troupes différentes, de la suite d'Apollon, de Bacchus, de Momus, et de Mars, s'unissent et se mêlent ensemble.

CHŒUR DES DIVINITÉS CÉLESTES.
Chantons les plaisirs charmants
Des heureux amants.
Répondez-nous, trompettes,
Timbales et tambours,
Accordez-vous toujours
Avec le doux son des musettes;
Accordez-vous toujours
Avec le doux chant des amours.

ACTE V, SCÈNE V.

L'AMOUR. Voyez par son excès son amour est fort.

FIN DE PSYCHÉ.

Paris. — Impr. Lacour et C, rue Soufflot, 16.

CORNEILLE, Pierre

Molière illustré par Janet Lange, Psyché, tragi-comédie en 5 actes par Molière, P. Corneille et Quinault.

Lacour, 1856

www.ingramcontent.com/pod-product-compliance
Ingram Content Group UK Ltd.
Pitfield, Milton Keynes, MK11 3LW, UK
UKHW032038260826
14628UKWH00007B/3036

9 782019 148379